즐겁게 망가진다 해도 노희섭은 합니다

멋진 삶을 응원합니다 ————————————————

년   월   일

즐겁게 망가진다 해도 노희섭은 합니다

초판 1쇄 인쇄 2022년 09월 20일
1쇄 발행 2022년 09월 24일

지은이   노희섭
발행인   이용길
발행처   **모아북스**
              MOABOOKS

관리   양성인
디자인   이룸
총괄   정윤상

출판등록번호 제 10-1857호
등록일자   1999. 11. 15
등록된 곳   경기도 고양시 일산동구 호수로(백석동) 358-25 동문타워 2차 519호
대표 전화   0505-627-9784
팩스   031-902-5236
홈페이지   www.moabooks.com
이메일   moabooks@hanmail.net
ISBN   979-11-5849-190-1 03810

모아북스 는 독자 여러분의 다양한 원고를 기다리고 있습니다.
MOABOOKS
(보내실 곳 : moabooks@hanmail.net)

잠든 오페라 감성을 깨우는

거리의 성악가 1,000번의 발걸음

즐겁게 망가진다 해도 노희섭은 합니다

노희섭 지음

모아북스
MOABOOKS

10대, 꿈이 있었다.

20대, 이탈리아로 유학을 떠났다.

30대, 마치고 돌아왔다.

40대, 서울시오페라단에서 공연했다.

50대, 거리에서 공연 중이다.

60대, 최고의 음악가로 불리고 싶다.

70대, 행복한 현역이고 싶다.

열정 있는 한, 도전하는 한,

당신도

행복한

미소를 전할 수 있다.

1,000번의 나눔

2013년 7월 19일 서울 명동 거리에서 시작한 클래식 거리 나눔이 2022년 9월 24일 예술의전당 야외무대에서 1,000번째를 맞는다. 100번도 아니고 1,000번이다.

10년 전, 그해 여름도 찌는 듯 더웠다. 그날, 나무 한 그루 없이 빌딩 숲으로 막힌 명동 거리의 체감온도는 40도를 웃돌았다. 습도까지 높아 가만히 있어도 땀이 줄줄 흘렀다. 무대도 열악했다. 클래식 거리공연을 하기에는 최악의 조건이었지만, 오래 작정해온 일이어서 그 시작을 미루고 싶진 않았다. 어려운 시작이 오히려 계속 밀고 나가는 저력이 되지 않을까 하는 기대를 위안으로 삼았다.

내 딴에는 정통 클래식을 보여주겠다는 마음에 공연 정장 차림인 연미복을 갖춰 입고 장장 4시간 동안 공연을 이어갔다. 첫 노래를 부르기도 전에 온몸은 이미 땀으로 흥건했다. 관객은 처음 보는 광경에 신기해하기도 하고 노래에 공감하여 귀를 기울이기도 했지만, 너무 더워 다들 오래 머물지는 못했다.

대중에게 가까이 다가가는 클래식을 위한 거리공연 취지에 맞게 우선 대중에게 비교적 친숙한 곡 위주로 불렀다. 〈푸니쿨리 푸니쿨라〉, 〈오 솔레 미오〉, 〈돌아오라 쏘렌토로〉같은 명곡과 주옥같은 우리 가곡이다.

그중에서도 〈오 솔레 미오〉는 누구나 한 번쯤 들어봤을 곡으로, 나폴리의 대표 민요다. 흔히 〈오 나의 태양〉으로도 알려진, 세계에서 가장 유명한 칸초네다.

〈돌아오라 쏘렌토로〉역시 나폴리 노래인데, 한국어 번안곡을 1967년 이미자가 불러 우리에게 친숙해진 곡이다. 노랫말에 깃든 그리움의 정한이 소월의 시를 연상케 하는, 눈물겹도록 아름다운 곡이다. 쏘렌토는 이탈리아 나폴리만 남쪽에 있는 작은 해안 도시다. 떠나간 연인이 쏘렌토로 돌아오기를 바라는 사랑 노래로 알려진 이 곡은 사실 쏘렌토 시장이 현지를 방문한 총리에게 우체국 설립을 청원하기 위해 쿠르티스 형제에게 의뢰하여 만든 노래였다.

찜통더위 속에서 마침내 첫 번째 클래식 거리공연을 마쳤다. 거의 탈진 상태였지만, 기뻤다. 한편으론 이리 힘든 일을 몇 번이나 버틸 수 있을까, 걱정스러웠다. 전에 없던 일을 처음으로 하는 것이고, 오래 굳어온 고정관념과 타성에 균열을 내고 새로운 길을 여는 일인데어찌 쉽기만 할 것인가. 생각이 여기에 미치자 걱정도 이내 눈 녹듯 사라졌다.

나의 클래식 거리공연은 '인씨엠예술단' 이름으로 진행되었다. 2006년, 나는 클래식 대중화와 음악 나눔을 위해 공연단체 인씨엠예술단을 창립했다. 인씨엠(Insiem)은 이탈리아 고어로 '함께' 라는 뜻이다. 상근 직원 14명을 포함해 64명의 전속 공연팀으로 구성된 인씨엠예술단은 창립 이후 대중을 상대로 해마다 100회가 넘는 클래식 공연과 활동을 벌여왔으며 예술단 활동은 더욱 활발해졌다. 인씨엠예술단을 모체로 필하모닉 오케스트라, 오페라단, 합창단, 무용단, 극단, 소년소녀합창단, 챔버오케스트라 뮤지컬 공연단까지 다양한 공연 조직을 구성하여 열정적인 활동을 펼쳤다.

나는 여기에 모든 것을 쏟아부었다. 하지만 자산가도 아닌 개인이 오랫동안 감당하기에는 한계가 있었다. 무료공연 조직이어서 전액 후원금으로만 운영되다 보니 재정이 문제가 되었다. 버티는 데까지 버텨보려고 사비까지 다 털어넣었지만 언 발에 오줌 누기였다. 끝내 인건비를 감당하지 못해 공연을 계속할 수 없게 되었다.

그렇다고 해서 '클래식 대중화 운동'이라는 필생의 꿈까지 접을 수는 없었다. 다 내어주고 막다른 길에 몰린 나는 고민에 빠졌다. 아직 내게 남은 무엇인가?

2013년 마흔셋, 어느덧 중년이 된 나를 새삼 돌아보았다. 힘든 공연도 감당할 수 있는 건강한 신체가 있었고, 몇 시간이고 노래할 수 있는 단련된 성대가 있었다. 내 마지막 자산이자 최대의 자산인 몸이 남아 있었다.

그래, 나 혼자라도 거리로 나가 노래를 부르자. 이가 없으면 잇몸으로라도 버텨보자. 또 누가 아는가. 잇몸이 이가 될지.

내 몸을 내놓기로 결심이 서자 오히려 마음이 편안해졌다. 예술단은 내 의지대로 되는 문제가 아니었지만 내 몸 하나야 건강관리만 잘하면 언제든 거리로 나서서 사람들에게 클래식을 들려줄 수 있겠다 싶었다. 마음만 먹으면 어떤 상황에서도 죽기 전까지는 할 수 있는 일이었다. 외람되지만 이순신 장군의 백의종군 심정이 이랬을까 싶었다.

명동에서 처음 시작된 나의 거리공연은 이태원, 신촌, 서울역, 영등포역, 용산역, 광화문, 서대문, 동대문, 대학로 등 서울의 주요 거리와 역광장으로 이어졌다. 산책 나온 동네 주민들, 식사하러 나온 직장인들, 연인을 기다리는 젊은이들, 하굣길의 학생들, 거리의 자영업자들, 노숙자들, 외국인 관광객들 …. 거리엔 관객이 넘쳤다. 거리로 나가자 내가 멈춰 서서 노래하는 곳이 곧 무대였고 지나가는 사람들 모두가 공연에 초대받은 관객이었다.

그러던 어느 날, 영등포역 광장에서는 거리공연이 진행된 4시간 내내 자리를 지키며 경청하던 할아버지 한 분이 공연이 끝나자 내게 다가와 노랫값이라며 돈을 내밀었다. 꼬깃꼬깃한 천 원짜리 지폐 두 장을 꺼내 건네주고는 환하게 웃었다.

"선생님, 좋은 노래 들려줘서 고마워요. 행복했어요. 이거 얼마 되진 않지만, 노숙을 하며 종일 폐지 주워서 번 거예요. 받아주세요."

내 노래를 듣고 행복했다는 말, 가수인 나를 이보다 행복하게 하는 말이 또 어디 있을 것인가. 나는 한동안 그분이 준 노랫값을 소중히 간직하고 다녔다.

2016년 초가을, 나의 거리공연은 200회를 훌쩍 넘겼다. 이태원에서 거리공연을 하는데 아주머니 한 분이 희망곡을 신청했다. 좀처럼 없는 일이었다. 신청곡은 〈10월의 어느 멋진 날에〉. 이 곡은 원래 노르웨이 출신 그룹 시크릿가든의 〈봄의 세레나데〉다. 성악가 김동규의 편곡에 작사가 한경혜가 새로 노랫말을 붙여 〈10월의 어느 멋진 날에〉라는 명곡이 탄생했다. 봄을 노래한 원곡이 우리 가을을 대표하는 곡으로 탈바꿈한 것이다. 이 노래는 여러 가수가 불러 널리 애송되면서 남녀 간의 사랑 노래로 알려졌지만, 실은 5월에 출산한 호주의 작사가가 엄마가 된 벅찬 기쁨을 표현한 노래다. 호주의 5월은 우리의 10월에 해당하는 가을이다.

한 편의 아름다운 시이기도 한 이 노랫말은 나직하고도 긴 울림의 곡에 얹혀 "창밖에 앉은 바람 한 점에도 사랑은 가득한 걸, 널 만난 세상 더는 소원 없어. 바램은 죄가 될 테니까"에 이르면 사랑의 숭고한 경지가 눈물이 나도록 애절하게 가슴을 파고든다.

이 노래를 신청한 아주머니는 노래를 듣는 내내 하염없이 주룩주룩 눈물을 흘리다가 노래가 끝나자 눈가를 훔치며 고맙다고 했다. 그러고 한참이 지나서 이메일을 보내왔다.

"실은 그 노래가 저희 늦은 결혼식에서 성악하는 남편 후배들이 불러준 축가예요. 결혼 생활이 죽고 싶을 만큼 힘들던 즈음, 선생님의 노래에 눈물을 흘리며 깨달았습니다. 제가 선택한 남편과 제 아이들은 죽을 때까지 책임져야 한다는 걸요. 비록 지금은 다 놓아버리고 싶을 만큼 힘들지만, 제가 모두 품어줘야 한다는 걸요. 제 요청에 흔쾌히 그 노래를 들려주셔서 진심으로 감사드립니다."

내가 거리공연에 나서자 같은 클래식 음악인들이 불편해하고 못마땅해했다. 클래식의 품격을 떨어뜨리고 고상한 음악을 싸구려로 만든다고.

실은 내가 클래식의 대중화를 위해 2006년에 인씨엠예술단을 창립하여 한창 활동하던 무렵인 2008년에 방영된 TV 드라마 〈베토벤 바이러스〉가 크게 히트하면서 클래식에 대한 대중의 관심이 부쩍 높아졌다. 그리고 알게 모르게 우리의 생활 속으로 클래식이 스며들었다.

요즘에는 대부분 국악이나 새소리로 대체되어서 듣기 어렵지만, 얼마 전까지만 해도 서울의 지하철에서는 클래식 음악을 일상으로 들을 수 있었다. '추억의 지하철 환승곡'으로 불리는 곡들이다.

출발역에서는 클로드 볼링의 〈아일랜드의 여인〉, 루제로 레온카발로의 〈마티나타〉, 비발디의 〈사계〉가 흐르고, 환승역에서는 모차르트의 〈미뉴에트〉나 비발디의 〈조화의 영감〉이, 종착역에서는 비제의 〈아를의 여인〉, 하이든의 〈트럼펫 협주곡 3악장〉, 모차르트 〈교향곡 17번〉이 흘렀다.

그런가 하면 영화나 TV 프로그램에서도 장르 불문하고 배경 음악으로 클래식이 자주 쓰인다. SBS-TV 〈패밀리가 떴다〉 저녁 식사 준비에서는 쇼팽의 피아노 연습곡 〈검은 건반〉이 나왔고, KBS2-TV 〈개그콘서트〉 달인 코너에서는 크라이슬러의 〈사랑의 기쁨〉이 흘렀다.

20세기가 낳은 특출한 바이올리니스트 프리츠 크라이슬러가 자신의 연주를 위해 작곡한 〈사랑의 기쁨〉은 〈사랑의 슬픔〉과 한 쌍을 이룬다. 바이올린과 피아노를 위해 작곡된 이후 사랑의 마력으로 대중을 사로잡은 이 곡들은 20세기를 넘어 오늘날까지 세상에서 가장 사랑받는 곡이 되었다.

실은 거리공연과 같은 대중과의 밀접한 교감을 이해하지 못하고 '클래식의 품격을 떨어뜨린다'고 비난하는 그런 엄숙주의가 클래식의 발전을 가로막고 클래식의 미래를 망쳐왔다. 그러니 오히려 비판받아야 할 사람은 나처럼 클래식을 거리와 광장으로 데리고 나와 대중과 더불어 즐기는 사람이 아니라 고상한 귀족 취향의 공연장이나 박물관에 유폐시켜 놓고 그걸 품위라고 부르는 사람들이다. 오늘날 우리가 클래식이라고 부르는 음악은 18세기 유럽에서는 대중이 즐기던 유행가였다.

거의 3000년 전에 편집된, 중국 최초의 시가집 《시경》은 오경의 하나로 꼽히는 고전이지만, 실은 당시의 각국 유행가를 모아놓은 가사집이다. 클래식이 따로 있는 게 아니라 대중이 즐긴 유행이 세월이 흘러 고전, 즉 클래식이 되는 것이다. 다만, 그러는 사이에 여러 이유로 대중과 멀어졌을 뿐이다.

나는 뜬구름 위의 공허한 품위 대신 거리에 넘치는 대중의 사랑을 구했다. 고달프고도 험난한 길이었지만, 나는 후회 없이 한 걸음씩 뚜벅뚜벅 그 길을 걸었다.

2015년 10월 16일, 가을이 깊어가는 신촌 연세로 스타광장에서 저녁 어스름을 배경으로 마침내 100회 거리공연을 열었다. 100회에 이르기까지 20만여 명의 관객이 공연을 감상했다. 그리고 자발적 후원자가 650여 명에 이르렀다. 언론 보도대로 "유례가 없는 거리공연"이었다.

100회 공연에는 후원회장을 맡은 배우 정한용과 고대85합창단이 함께해 눈길을 끌었다. 그리고 여러 동료 성악가들과 연주자들이 함께 출연해 "대한민국 모든 국민이 성악을 접하는 그날까지 이 길을 간다"는 우리의 뜻을 빛냈다.

그 100회가 200회가 되고 300회가 되었다. 300회 공연을 마치고는 그 기념으로 유럽으로 건너가 거리공연을 열기도 했다. 2022년 9월 24일, 마침내 1,000회 공연에 이르기까지 10년이 넘도록 한 길을 걸었다. 우보천리(牛步千里)라더니, 느릿느릿 소걸음으로, 그러나 쉬지 않고 오다 보니 거짓말처럼 어느새 천 리를 와 있다. 1,000회에 이르는 동안 나는 그런 사람들을 보면서 행복하지 않은 순간이 없었다.

1,000번의 나눔. 이 기적 같은 숫자를 맞는 이 순간의 벅찬 감격과 기쁨을 그동안 함께해온 동료 음악인들과 200만일지 300만일지 모를 관객과 더불어 나누고 싶다.

노희섭

차례

여는 글 1,000번의 나눔 • 010

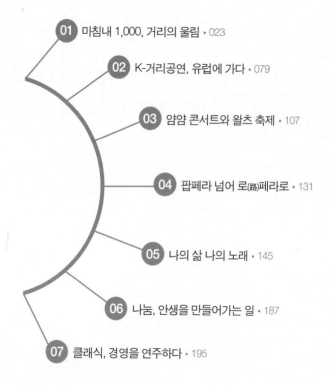

01 마침내 1,000, 거리의 울림 • 023

02 K-거리공연, 유럽에 가다 • 079

03 얌얌 콘서트와 왈츠 축제 • 107

04 팝페라 넘어 로(路)페라로 • 131

05 나의 삶 나의 노래 • 145

06 나눔, 안생을 만들어가는 일 • 187

07 클래식, 경영을 연주하다 • 195

감사의 말 • 209

공연 후기 & 리뷰 • 211

"그 어려운 시작이 회를 거듭하여

마침내 1,000번에 이른 것도 다 '운명의 힘' 일까.

 마치 오래전에 예정된 것처럼 내 의지로는

도저히 거부할 수 없는 운명의 힘이

내 음악 인생을 쥐고 흔드는 걸까.

실패할 수도 있지만, 실패를 알고서도

가야만 하는 그 길로 나를 이끄는 운명의 힘."

01

마침내 1,000,
거리의 울림

유행가 노랫말이긴 하지만 '좋이도 천 번을 접으면 학이 된다' 니, 천 번의 정성에는 하늘도 감동한다는 뜻일 것이다. 기도라면 백일기도가 정성의 대명사로 통하는데, 하물며 천일기도는 어떻겠는가. 아주 긴 세월도 '천년 세월'로 쓰고, 아주 많은 변화도 '천의 얼굴'이나 '천변만화(千變萬化)'로 표현한다.

2013년 7월 19일 명동 거리에서 2022년 9월 24일 예술의전당 야외무대까지 거리의 울림이 1,000번이다. 강산도 변한다는 10년간 클래식에 대한 대중의 인식도 변하기를 간절히 바라면서 나는 1,000번의 정성을 쏟았다.

나는 홀로 있을 때 종종 끝없는 생각의 미로에 빠지곤 한다. 그럴 때는 창밖에 비가 내리거나 눈이 휘날렸다. 봄꽃이 바람에 날리기도 하고, 가을 단풍잎이 머리 위로 내려와 앉기도 했다. 아니면 노을이 붉어가는 저물녘이거나 달빛이 휘황한 한밤중이었다. 생각의 꼬리는 늘 내 음악 인생으로 연결되었다.

일찍이 재능을 보인 영재도 아닌 내가 어렵게 성악을 하게 된 것도, 대학에서 좋은 스승에게 자극받아 이탈리아까지 유학을 가게 된 것도, 잘 나가던 성악가로서 상설 공연장의 일정을 쪼개 클래식 대중화 운동에 뛰어든 것도, 경영난으로 예술단 공연의 길이 막히자 그 대안으로 거리공연에 나서게 된 것도, 그 어려운 시작이 회를 거듭하여 마침내 1,000번에 이른 것도 다 '운명의 힘'일까. 마치 오래전에 예정된 것처럼 내 의지로는 도저히 거부할 수 없는 운명의 힘이 내 음악 인생을 쥐고 흔드는 걸까. 실패할 수도 있지만, 실패를 알고서도 가야만 하는 그 길로 나를 이끄는 운명의 힘.

그래서일까. 나는 거리공연을 시작한 이후로 베르디의 오페라《운명의 힘》의 곡들을 즐겨 불렀다. 곡의 내용이야 비극적인 사랑 이야기이니 별 상관이 없지만, 그 제목이 주는 영감에 이끌린 나는 운명의 힘 앞에서 늘 겸손해졌다.

서곡과 4장으로 구성된 베르디의 이 오페라에서는 〈서곡〉, 〈성모님, 저의 죄를 용서하소서〉, 〈오, 천사의 품으로 올라간 그대여〉, 〈이 속에 내 운명이〉, 〈신이여 평화를 주소서〉 등의 곡이 애창되어 관객의 심금을 울린다. 그중에서도 특히 〈서곡〉이 유명한데, 전주곡에 가까운 형식으로 오페라의 이야기를 생생하게 암시한다. 그리고 3막 1장을 이루는 〈이 속에 내 운명이〉는 이 오페라에서 가장 긴장감 넘치는 장면을 노래한다. 비통한 운명을 예감하는 긴장감이다.

신약 〈누가복음〉에 보면 바리새인들이 예수를 시험에 들게 하여 고발하려고 음모를 꾸미는 장면이 나온다. 안식일에는 아무것도 해서는 안 된다는 율법을 함정으로 예수를 곤경에 빠뜨리려는 수작이다. 그러자 예수가 그들의 속셈을 꿰뚫어 보고 먼저 반문한다.

"안식일에 병 고쳐 주는 것이 합당하냐, 아니하냐?"

그들이 대답하기도 전에 이어서 또 반문한다.

"너희 중에 누가 그 아들이나 소가 우물에 빠졌으면 안식일에라도 곧 끌어내지 않겠느냐?"

"너희들이 안식일에 병자를 데려다 놓고 나를 초대하여 시험에 들게 하려는 모양인데, 남이 아니라 너희 가족이 죽을 위험에 처했어도 안식일을 핑계로 과연 죽도록 내버려 두겠느냐"는 힐난이다. 그러니 "내가 저 병자를 돌본다고 해서 너희 중 누가 감히 안식일의 계율을 어겼다고 나를 고발할 수 있겠는가" 하는, 서릿발 같은 깨우침이다.

이 이야기는 인습이나 관습이나 계율보다 사람으로서 마땅히 해야 할 일이 우선이라는 가르침을 준다. 설령 법이나 계율을 어겨 처벌을 받더라도 서로를 사랑으로 대해야 하는 인간의 도리를 저버려서는 안 된다는 것이다. 스스로 마땅히 해야 할 일이라고 여기는 일을 남의 눈이 두려워 포기하는 것이야말로 최종적으로 실패한 인생이라는 가르침도 유추할 수 있는 장면이다.

우리 인씨엠예술단의 '러브인씨엠' 거리공연 프로젝트를 기획한 나는 "사랑과 함께하는" 거리공연을 이어가면서 100회 단위마다 주제를 정하여 의미를 더하는 특별한 공연으로 자축하고 기념했다. 그렇게 100회씩 10번이 쌓여 마침내 1,000번을 기념하게 되었으니 감개가 무량하다.

클래식 문화나눔 캠페인 《러브인씨엠》 거리공연 995회

2022년 8월 31일(수) 낮 12시 명동예술극장 앞

유튜브 실시간 방송 채널 거성 노희섭 ▶ YouTube LIVE

주최 인씨엠예술단 후원 롱동무역주식회사 협찬 위드팜 빈체온 문의 02.2659.4100 홈페이지 www.insiem.org

　　100회 때는 "대한민국 모든 국민이 성악을 접하는, 그날까지!" 거리공연을 하라는 격려의 의미로 동료 음악가들이 합동공연에 나서 관객의 뜨거운 호응을 받았고, 200회 때는 음악이 비전공 일반인들에게 오페라 합창곡을 연습시켜서 함께 공연하는 파격으로 무대를 달구었으며, "청년에게 기회를! 시민에겐 감동을!" 내걸고 진행한 300회 때는 2부를 예술계 청년들의 본선 경연으로 채워 격려금을 전달했다. K-POP과 클래식의 콜라보를 내건 400회 때는 대중가수와 크로스오버를 하는 재미를 선사하고, 일반인과 함께 부르는 클래식 듀엣 코너를 진행하여 관객의 열렬한 호응을 받았으며, 500회 때는 국가대표 메달리스트 출신의 스타들과 합창을 펼쳐 의미를 더했다.

남북 화해 분위기가 고조되던 무렵에 열린 600회 때는 탈북한 피아니스트 김철웅과 함께 평화를 연주했고, 700회 때는 서울천마합창단과 함께하는 춤추는 클래식으로 흥을 더했으며, 800회 때는 동료 음악인들의 협연으로 가을밤을 수놓는 클래식의 거리 향연을 펼쳤다. 그리고 코로나 대유행이 시작되고 1년이 지난 무렵에 열린 900회 때는 코로나로 지친 국민 모두에게 희망과 용기를 주는 뜻을 담아 열연을 펼쳤다.

지난 7월 5일, 땅거미가 내린 대학로 마로니에공원에서 다 함께 신나게 노래하며 춤을 춘 한 판이 994회였다. 이후 명동, 강남 등지로 거리공연을 이어가 995, 996, 997, 998, 999회를 마쳤다. 그리고 마침내 1,000회. 처음 작정한 목표의 끝에 섰다. 길고 긴 여정의 끝. 아마 또 다른 시작일 것이다.

대한민국 모든 국민이 성악을 접하는 그날까지!

100회(2015. 10. 16. 오후 7~9시, 신촌 연세로 특설무대)

2015년 10월 16일, 가을이 깊어가는 신촌 연세로 스타광장에서 저녁 어스름을 배경으로 마침내 100회 거리공연을 열었다. 100회에 이르기까지 20만여 명의 관객이 공연을 감상

했다. 그리고 자발적 후원자가 650여 명에 이르렀다. 언론 보도대로 "그 유례가 없는 거리공연"이었다.

100회 공연에는 탤런트 정한용과 고대85합창단이 함께해 눈길을 끌었다. 그리고 여러 동료 성악가들과 연주자들이 함께 출연해 "대한민국 모든 국민이 성악을 접하는 그날까지" 이 길을 간다는 우리의 뜻을 빛냈다.

성악 비전공자들에게 오페라 합창곡을
연습시켜 공연

200회(2016. 8. 20. 오후 7~9시, 신촌 연세로 특설무대)

나는 서울 명동에서 출발하여 이태원, 신촌, 정동 돌담길, 삼청동 공원 등 사람들의 왕래가 잦은 곳이면 어디든 찾아가 마이크를 꺼내놓고 노래를 불렀다. 내가 노래하는 순간에 머물러 경청하는 관객이 서넛뿐일 때도 있었고, 심지어 한 명도 없을 때도 있었지만, 어떤 때는 수십 명, 아니 수백 명이 가던 길을 멈추고 어울려 교감했다.

거리공연을 시작하고 3년간은 서울을 중심으로 공연을 벌였지만, 2016년 6월부터는 동해안에서 남해안 거처 서해안까지 경북, 대구, 경남, 부산, 전남, 광주, 전북, 충청, 강원, 경기 등 전국 260개 시 · 군 · 구 지자체를 도는 순회공연을 시작했다.

이듬해 무더운 여름, 7월 28일에는 동해안의 영덕군 축산면 경정3리 해안마을에서 353회 거리공연을 열었다.

'푸른 대게의 길'이라는 이름이 붙은 영덕 블루로드 B코스와 해파랑길 21코스는 형제처럼 나란하다. 눈부신 햇살 아래 푸른 파도가 넘실거리는 바닷가로 펼쳐진 자갈길을 밟으면서 경정3리로 들어서면 독특한 풍경이 눈길을 사로잡는다. 임금처럼 좌정한 오매 향나무를 향해 갯바위들이 신하처럼 고개를 숙이고 나란히 서 있다. 오매는 경정3리의 옛 이름이다.

오매 향나무는 수령이 500년도 넘는다니, 조선 개국 무렵부터 마을을 지켜온 셈이다. 경정3리는 아름다운 마을이다. 마을의 어항과 작은 모래사장을 지나서 경정항을 향해 길을 더듬으면 멀리 등대가 눈에 들어오고, 마을 길 끝에서 모래 해안을 가로질러 언덕을 넘으면 경정해수욕장에 닿는다.

이런 아름다운 마을 정자 앞에서 어르신들을 모시고 클래식을 들려드렸다. 난생처음 클래식 음악을 듣는다는 마을 어르신들은 우리가 사진을 찍자 방송국에서 나온 사람들인 줄 알았다. 막걸리 한 잔씩 걸친 어르신들은 흥이 오르자 함께 부르자며 어깨를 걸었다. 그렇게 즉석 콜라보가 이뤄져 우리는 하나가 되어 노래를 즐겼다. 뱃고동 따라 갈매기 우는 해안마을에서 클래식은 순수했다.

산촌이고 어촌이고 농촌이고 소도시고 가는 데마다 클래식으로도 이렇게 소통하고 신명이 났다.

나는 200회 공연을 맞아 언론 인터뷰에서 그동안 갈무리해둔 소감을 밝혔다.

"거리에서 만난 클래식은 누구에게는 생애 첫 경험일 수도 있는 순간이고, 즐거움과 감동을 나누는 생동하는 무대입니다. 그래서 어떤 대극장 공연보다 더 열정을 가지고 임하게 되지요. 정말 클래식 활성화를 위한 일이 무엇일까 고민하다가 거리에서 직접 관객과 교감하고 소통하기로 하고 시작한 것이 거리공연입니다. 대한민국 국민이라면 어디서든 클래식 공연을 직접 만나게 해주고 싶었어요."

나는 200회 공연에서 스페인 가곡 〈그라나다〉를 불렀다. 이탈리아 민요 〈푸니쿨리 푸니쿨라〉가 이어졌다. 관객은 이제껏 어디서도 보지 못한 '자유롭고 자유로운' 길거리 클래식 공연에 신명이 났는지 공연 도중 '자유롭게' 박수를 보내고 환호성을 질렀다. 가던 길을 멈추고 선 채로 감상하는 '입석 관객' 도 꽤 많았다.

아구스틴 라라가 1932년에 발표한 〈그라나다〉는 스페인 안달루시아 지방의 옛 도시인 그라나다의 풍물과 춤추는 아가씨의 모습을 그린 곡으로 동경과 연민을 담고 있다. 대중음악으로는 드물게 장대한 규모로 작곡되어서 웬만한 가창력으로는 완벽하게 표현해내기가 어렵다는 이 곡은 호세 카레라스, 루치아노 파바로티, 플라시도 도밍고 같은 세기의 성악가들이 불러 더욱 유명해졌다. 흥미로운 것은, 이 곡을 쓴 라라가 음악을 정식으로 공부한 적이 없다는 사실이다. 첫사랑에게 고백하기 위해 시작한 작곡이 계기가 되어 5년 뒤에 이런 명곡을 썼다는 것인데, 놀라운 재능이다.

라라뿐 아니라 사람들에게는 저마다 숨겨진 재능이 있는 것 같다. 그것이 기회를 만나면 활짝 피지만, 많은 경우 자기도 모르게 묻히고 만다. 200회 거리공연 때 나는 그런 사실을 어느 정도 확인할 수 있었다. 200회 공연의 백미는 음악을 전문으로 배운 적이 없는 일반인들에게 오페라 합창곡을 연습시켜서 함께 공연한 파격의 콜라보 무대였다. 짧은 시간에 핀셋 지도를 했는데도 노래 실력에 놀라운 발전을 보인 사람들이 있었다. 본인조차도 깜짝 놀라며 즐거워했다. 그렇게 관객을 연습시켜 함께 공연하자 무대와 객석의 구분이 사라지면서 공연자와 관객이 온전히 하나로 어우러지는 무대가 펼쳐졌다.

청년에게 기회를! 시민에겐 감동을!

300회(2017. 4. 15. 오후 6~7시 30분, 신촌 연세로 특설무대)

이날 우리 300회 공연에 앞서 같은 장소에서 2017 대학 윈드오케스트라 페스티벌'이 열렸다. 싱그러운 봄기운 속에 5개 대학 300여 명의 음대생이 신촌 거리를 오케스트라 연주로 수놓았다.

이번 300회 공연은 다른 특별 공연보다도 더 특별했다. 청년들의 경연 본선이 2부 무대를 장식한 것이다.

이날 공연은 전 MBC 아나운서이자 현 국방TV 김희영 아나운서 사회로 진행되었다. 1부는 "클래식, 거리에서 희망을 노래하다"를 주제로 진행된 노희섭 콘서트로 채우고, 2부는 "청춘, 거리에서 꿈을 외치다"를 주제로 진행된 클래식을 사랑하는 청년들의 경연으로 채운 것이다.

클래식을 사랑하는 청년들을 대상으로 거리에서 펼치는 서바이벌 오디션 프로젝트 '러브인씨엠 청년 氣 살리기 오디션 콘서트'는 청년의 꿈을 응원하고 지원하기 위한 특별기획이다. 클래식을 사랑하는 청년이라면 누구나 참여할 수 있는 이 콘서트는 3월 10일에서 4월 7일까지 예선이 진행되었다. 경연 분야는 피아노를 제외한 클래식 악기와 성악으로, 자유곡 3곡을 준비하여 직접 거리공연 장소에서 열리는 오디션에 참가하거나 동영상으로 보내 평가를 받았다. 이렇게 해서 예선을 통과한 참가자들은 공연 당일에 공연 2부 순서로 본선 경연을 벌였다. 엄정한 심사를 거쳐 우승자를 가려내고 총 300만 원의 격려금을 지급했다.

K-POP과 클래식의 콜라보

400회(2017. 10. 21. 오후 7~9시, 신촌 연세로 특설무대)

2017년 가을은 유난히 청명하고 바람은 청량했다. 또 단풍은 얼마나 곱게 물들었던지. 연세대와 이화여대에서 곱게 익은 단풍이 가을 햇살을 한껏 품었다가 그 기운을 사방으로 뿜어내 어스름의 신촌 거리는 가을 향기가 물큰했다.

그런 가을의 한가운데서 400번째 거리공연의 막이 올랐다. "K-POP과 클래식의 콜라보"라는 주제로 열린 이번 공연에는 가수 김상아가 출연하여 나와 함께 대중가요와 클래식의 콜라보를 선보였다. 관객은 이 색다른 체험에 심취하여 뜨겁게 호응했다.

김상아는 미국 시애틀퍼시픽대 영문과 출신의 학구파 가수로 트로트를 연상시키는 창법을 구사한다. 작곡가 아버지와 가수 어머니 사이에서 태어났으니 풍부한 음악적 유전자를 물려받은 셈이다. 1989년에 데뷔한 김상아는 아버지가 작사·작곡한 〈사랑했어요〉 등으로 대중의 사랑을 받았다. "거리를 거닐면 떠오르는 너의 모습"으로 시작되는 〈사랑했어요〉는 음률도 좋지만, "그리움만 주는" 연인을 향한 사무치는 사랑이 애절하도록 아름다운 곡이다.

400회 공연에서는 대중가수와의 크로스오버에 이어 관객과의 듀

인씨엠예술단
전문예술단체 지정기부금단체

"러브인씨엠,
누구든 클래식을 즐기도록
관객을 만나러
거리에 나왔습니다"

예술로 희망을 노래하는
거리의 성악가, 테리톤 노희섭

이태리 씨에나 "Rinaldo Franci"국립음 악원 수석졸업,
유학중여 움베르또 보르소 (Umberto Borso) 교수를 사사.
혹독한 발성의 수련 시간을 가졌다. 한국으로 돌아와 세종문화회관
서울 시오페라단에 입단하였고 성악가로 활동 외에도 다양한 공연을 창작하기
위해 (사)인씨엠예술단을 창단하여, 공연외 오페라 제작, 공연단체 운영,
지휘자로서 활동하고 있다. 오페라 가수로는 세계 최초로 테너와 바리톤의
경역을 넘나들며 400회 이상의 버스킹을 통해 클래식을 대중과 소통하는
테리톤으로 활약하며 2017/KBS 1TV 〈문화의 향기〉출연하였다.
현재는 (사)인씨엠예술단 대표, 숭실대학교 겸임교수,
서대문구 도시재생 위원회 위원, 한국예술인복지재단
심사위원. 촉소 국제장애인 영화제 홍보대사,
(사)아라인 음악감독으로 활동 중이다.

대중과 함께 공연하는
클래식 거리콘서트

400 러브인씨엠
회 특별공연

| K-POP & Classic Collaboration |

"인씨엠예술단의 클래식 문화융성화 프로젝트 러브인씨엠이
거리공연 400회를 맞이하여 특별공연을 개최합니다."

일시 : 2017.10.21.(토) 오후 7시
장소 : 신촌 연세로 스타광장

엣 공연이라는 또 하나의 이정표를 남겼다. 클래식에 관심이 많은 순수 아마추어 관객을 즉석에서 초청해 칸초네, 오페라, 팝송 및 대중가요 등을 선정해 '일반인과 함께 부르는 클래식 듀엣' 이라는 이색 코너를 선보인 것이다.

　노래를 들으러 왔다가 별안간 노래를 부르게 된, 그것도 성악가와 듀엣이 되어 무대의 주인공으로서 클래식을 부르게 된 사람들은 꿈 같은 시간이었다며 행복해했다. 사람들에게 클래식으로 즐거움과 행복을 주는 거리공연, 그 꿈 같은 일이 실현되는 모습을 보며 나는 눈물이 핑 돌았다. 듀엣으로 노래를 부르는 내내 내 목소리는 촉촉이 젖어 있었다.

국가대표가 응원하는
클래식 대중화 프로젝트

500회(2018. 4. 13. 오후 6~7시 30분, 신촌 연세로 특설무대)

신록에 쏟아지던 눈부신 봄의 햇살이 연초록 그림자를 남기고 저물어가는 신촌 거리는 봄이 긴 겨울의 얼음장을 들추고 깨어나듯 젊음으로 싱그럽다.

그 거리에서 열린 거리공연 500회. 목표로 작정한 1,000회의 반은 온 셈이다. 처음 거리로 나왔을 때 사람들은 수군거렸다. 특히 고상한 성 안에 자기들만의 금자탑을 쌓아올린 일부 클래식 음악인들이 비난에 가까운 비판을 쏟아냈다. 클래식의 품격을 떨어뜨리는 짓이라고. 이탈리아 유학까지 다녀와 서울시 오페라단 정규 직원이 되고, 굵직한 오페라의 주역 가수를 잇달아 맡아 열창하면서 한국을 이끄는 혁신 리더, 올해의 성악가 등으로 선정되는 등 잘 나가는 성악가가 미치지 않고서야 저렇게 거리로 나와 떠돌 수가 없다는 거였다.

내가 성악가의 길로 접어들면서부터 품어온 클래식의 대중화라는 오래된 꿈을 그들이 알 리가 없었다. 그래서 나는 그런 비판에 말로 대꾸하기보다는 그들이 틀렸다는 것을 치열하게 행동으로 보여주기로 했다. 내가 평균 사흘에 한 번꼴로 거리공연에 나선 까닭이다. 그런 세월이 5년이 흐르는 동안 100회, 200회, 300회를 넘어 500회를 맞으면서 그런 비난과 비꼼과 의심의 말은 자취를 감추고 오히려 응원의 박수를 보내기에 이르렀다.

'아, 진짜구나. 장난이 아니구나. 이목을 끌기 위한 잠깐의 이벤트가 아니구나. 치기 어린 만용도 아니었구나. 클래식 대중화의 진정한 선구자구나.'

시간은 좀 걸렸지만, 사람들은 이렇게 나의 진심을 알아주었다. 게다가 500회에 이르러서는 나를 경이로운 눈을 바라보았다.

국가대표가 응원하는 클래식 대중화 프로젝트로 열린 500회 공연은 나로서는 특별한 의미가 더해졌다. 국가대표 메달리스트 출신의

세계적 스타들과 함께해서 그렇기도 하지만, 이날 '나눔문화대상'을 받았기 때문이다. 한국예술비평가협회(탁계석 회장)와 세계나눔문화총연합회(총재 장홍진)가 러브인씨엠 거리공연 500회를 맞아 나눔을 실천한 공로로 나눔문화대상을 수여한 것이다.

또 하나, 클래식 전문잡지〈객석〉대표가 참석하여 남긴 격려사랄

까, 축사랄까, 아니 어쩌면 위로의 말이겠다. 나는 김기태 대표의 말에서 무한한 위안과 용기를 얻었다.

"사실 클래식은 우리도 모르게 일상 가까이에서 우리와 함께하고 있습니다. 다만 우리가 그것을 눈치채지 못해서 클래식은 오페라하우스에서야 만날 수 있는 것, 가까이 하기엔 너무 먼 음악으로 오해하는 것이지요. 엄마 뱃속에서 모차르트를 들어보지 않은 아이들이 몇이나 될까요? 실은 우리 대부분은 모태 클래식 관객이에요. 그런데도 까맣게 잊어먹는 거죠. 그런 클래식을 다시 일상에서 더불어 즐기게 하려는 거리공연, 그것도 500회까지 쌓아온 거리공연은 지금껏 세계적으로도 없었고, 아마 이후로도 없을 겁니다. 우리 노 단장님, 참으로 대단한 일을 해오신 거예요. 존경하지 않을 수 없습니다."

500회 기념 1부 공연에 나선 나는 국내·외 가곡과 오페라 아리아 등을 선보였다. 국민가요라 할 수 있는 〈향수〉, 푸치니의 아리아 〈별은 빛나건만〉, 집시 킹스의 칸초네 〈볼라레〉, 아당의 찬송가 〈오, 거룩한 밤〉 등을 불러 관객을 위로하고 클래식의 감성을 일깨웠다.

정지용의 시 〈향수〉는 1927년에 발표되었다. 1930년에 작곡가 채동선이 여기에 곡을 붙여 가곡으로 탄생시켰다. 한국전쟁 때 정지용이 납북된 이후 채동선의 가곡 〈향수〉는 남한에서 금지곡으로 묶였다. 지금 널리 애창되는 〈향수〉는 1989년에 작곡가 김희갑이 작곡한 가요로, 테너 박인수와 통기타 가수 이동원이 듀엣으로 불러 널리 알려졌다.

어느 날, 정지용의 시 〈향수〉를 보고 빠져든 이동원은 이 아름다운 시를 대중가요로 부르고 싶어서 당대 최고의 대중가요 작곡가 김희갑을 찾아간다. 김희갑은 너무 긴 시구인 데다가 곡을 붙이기 어려운 구조라며 거절하지만, 이동원의 끈질긴 설득에 못 이겨 마침내 콜라보 곡을 완성한다. 이동원은 곡을 받아들고 서울대 음대 박인수 교수를 찾아가 듀엣으로 부르자고 제안한다. 이에 박 교수가 흔쾌히 동의하면서 대중가요 〈향수〉가 발표되어 국민가요로 불릴 만큼 엄청난 인기를 얻는다. 클래식과 대중가요의 만남이 일으킨 신선함이 대중을 매료시킨 것이다. 하지만, 이 '사건'으로 박인수 교수는 국립오페라단에서 제명당하고 만다. 클래식을 하는 성악가가 "천박한 대중음악에 참여하여 클래식 음악을 모욕했다"는 이유였다. 그때가 30년 전이다.

〈별은 빛나건만〉은 푸치니의 오페라 《토스카》 3장 가운데 3막의 아리아다. 1막의 첫 아리아는 〈오묘한 조화〉, 2막의 〈노래에 살고, 사랑에 살고〉는 이 오페라에서 가장 유명한 토스카의 아리아로, 스카르피아가 토스카의 연인 카바라도시를 살려주는 대신 몸을 요구하자 토스카가 격렬하게 저항하면서 신에게 호소하는 내용이다. 3막의 〈별은 빛나건만〉은 처형을 기다리는 카바라도시가 토스카에게 마지막 작별 편지를 쓰다가 부르는 구슬픈 아리아다.

집시 킹스의 칸초네 〈볼라레〉의 원곡은 〈푸르름 속에서 푸른색을 칠하라〉로, 싱어송라이터 도메니크 모두뇨가 불러 세상을 발칵 뒤집어놓은 명곡이다. 푸른색을 칠하고 푸른 하늘을 끝없이 날아다니는 꿈을 노래한 이 노래의 후렴구 "볼라레"(날아라)가 인상적이어서 집시 킹스가 리바이벌하면서 제목으로 삼았다. 집시 킹스는 프랑스 남부의 집시 가족으로 구성된 집시 밴드로, 앨범 〈볼라레〉를 발표하여 1,300만여 장을 판매하는 대성공을 거두었다.

어떤 훌륭한 성직자의 유명한 설교보다 성탄의 의미를 감동적으로 전하면서 듣는 이도 모르게 가슴 한구석 깊은 곳에 장중한 여운을 남기는 곡이라서 "가슴 아프도록 아름다운 곡"으로 불리는 〈오, 거룩한 밤〉(Oh, Holy Night)은 1847년 플라시드 카푸 드 로쿼모의 시 〈크리스마스 성가〉에 작곡가 아돌프 샤를 아당이 곡을 붙인 노래다. 이 곡은 1847년 초연된 이후 인기를 끌었는데, 1855년에 영어곡으로 번안되어 미국에서 불리기 시작했다. 특히 남북전쟁 중 인간의 보편성에 주목한 북부에서 인기를 얻으며 노예폐지론자들에게 큰 반향을 불러일으켰다.

500회 기념 공연의 2부는 더욱 신나는 무대로 꾸며졌다. 대한민국 스포츠합창단(단장 임오경)과 피아니스트 김철웅 등이 출연해 아름다운 선율로 시민들에게 색다른 감동을 선사했다. 이 자리에는 거리공연을 응원하는 한국을 빛낸 스포츠 스타들인 축구 국가대표 감독 신태용, 올림픽 마라톤 금메달리스트 황영조, 올림픽 유도 금메달리스

트 이경근, 올림픽 복싱 금메달리스트 김광선, '우생순'의 신화를 쓴 핸드볼 여자 국가대표 감독 임오경, 올림픽 레슬링 금메달리스트 심권호, 프로야구 레전드 스타 출신의 양준혁야구재단 이사장 양준혁이 참여해 무대를 빛냈다. 특히 우생순의 주인공 임오경 감독과 듀엣으로 부른 〈10월의 어느 멋진 날에〉는 관객의 뜨거운 호응을 불러 모두가 하나로 어우러지는 합창이 되었다.

불어라, 평화의 바람아!

600회(2018. 9. 22. 오후 7~9시, 신촌 연세로 특설무대)

2017년에서 2018년 사이에 남북관계는 냉탕과 온탕을 오갔다. 2017년 북한이 또 핵실험을 단행함으로써 북미관계가 급격히 악화하면서 한반도에도 긴장이 고조되었다. 이듬해 초에는 한국 평창에서 동계올림픽이 열릴 예정이었다.

2018년 1월 1일, 북한 김정은 국무위원장이 신년사에서 "평창올림픽의 성과적 개최를 기대하면서 올림픽 대표단 파견할 용의가 있으며, 이를 위해 북남 당국이 시급히 만날 수도 있을 것"이라 언급하면서 남북 사이에 급격하게 해빙 분위기가 조성되었다. 이윽고 2월 9일에 개막한 평창 동계올림픽을 계기로 남북 간에 특사가 오가고 활발하게 소통이 이루어지면서 마침내 4월 말쯤 판문점 평화의 집에서 남북 정상이 만나기로 합의했다. 마침 다가온 봄철을 맞아 남북관계에 평화의 봄바람이 불기 시작한 것이다.

2018년 4월 27일 오전 9시 29분, 판문점에서 남한의 문재인 대통령과 북한의 김정은 국무위원장이 만남으로써 분단의 상징이던 판문점이 평화와 화해의 상징으로 거듭나는 역사적인 순간이 연출되었다.

두 정상은 회담 끝에 "언젠가 힘들게 마련된 이 만남과 온갖 도전을 이기고 민족의 진로를 손잡고 함께 헤친 날들을 즐겁게 추억할 것"이라고 밝혔다.

러브인씨엠은 남북 화합과 평화의 문이 열린 것을 기념하는 동시에 북쪽 땅끝까지 클래식을 전하고 싶은 마음을 담아 600회 기념 공연의 주제를 "불어라, 평화의 바람아!"로 정했다. 김희영 아나운서의 사회로 진행된 이번 거리공연에는 탈북 피아니스트 김철웅이 피아노 반주로 남북 화합과 평화를 기원하는 마음을 전했다.

네 살 때 어머니 손에 이끌려 피아노를 처음 배우기 시작한 김철웅은 천재적인 재능을 드러내 여덟 살 때 평양음악무용대학에 조기 입학하여 본격적으로 피아니스트의 길에 들어섰다. 스무 살 때인 1994년에 세계 3대 콩쿠르로 꼽히는 차이콥스키 국제 콩쿠르에 참가한 김철웅은 차이콥스키음악원(모스크바 국립음악원)의 류드밀라 교수의 눈에 띄어 이듬해부터 4년간 모스크바에서 유학하며 일취월장했다.

1999년, 차이콥스키음악원을 졸업하고 평양으로 돌아온 김철웅은 평양국립교향악단 사상 최연소 수석피아니스트로 부임했다. 스물다섯 살 때였다. 그렇게 승승장구하던 김철웅은 2001년, 여자친구에게 리처드 클레이더만의 연주로 유명해진 뽈 드 쎄느빌의 피아노곡 〈사랑으로〉(흔히 '가을의 속삭임'으로 알려진 곡)를 연주해 주다가 누군가가 "반동 음악을 연주한다"며 당에 신고하는 바람에 자아 비판서를 써야 했다. 이 일을 계기로 북한 체제에 염증을 느껴 탈북을 감행한 김철웅은 2002년부터 남한에서 음악 활동을 해오다가 2008년부터 백제예술대학교 음악과 외래교수로 활동 중이다.

또 이번 공연에는 '한국의 폴 포츠'로 불리는 테너 김태희, 바리톤

김우진이 협연하여 무대가 한층 빛나고 감동이 더했다. 김태희에게 '한국의 폴 포츠'라는 별명이 붙은 건 그가 영국의 성악가 폴 포츠의 길을 그대로 걸었기 때문이다.

휴대전화 외판원으로 일하던 폴 포츠는 영국 iTV의 스타 발굴 프로그램 '브리튼즈 갓 탤런트'에 출연하여 오페라 아리아 〈아무도 잠들지 말라〉를 완벽하게 불러 오페라 가수의 꿈을 이뤘다.

그로부터 1년 뒤, 수족관 기사로 일하던 김태희는 SBS-TV의 '스타킹'에서 폴 포츠처럼 〈아무도 잠들지 말라〉를 불렀다. 그의 노래를 들은 일류 성악가들이 술렁였다. 서툰 이탈리아어 발음으로 더듬더듬 부른 노래인데도 그 음악성에 절로 탄성이 터진 것이다. 그때 '한국의 폴 포츠'라는 별명이 붙었다.

김태희는 어릴 적부터 성악가를 꿈꾸었지만, 지독한 가난 때문에 성악 공부를 할 수 없었다. 그는 수족관 기사로 일하면서도 노래를 향한 열정만은 조금도 식지 않았다. 길을 걷다가도, 일하다가도, 심지어는 자다가도 발성 연습을 했다. 성악 교육이라곤 전혀 받아본 적이 없지만, 전문가 못지않은 발성을 갖추게 된 것은 순전히 꾸준한 연습 덕분이었다.

이웃의 제보로 얼떨결에 '스타킹' 무대에 오른 그는 하루아침에 벼락스타가 되어 오랜 꿈이던 오페라 무대에 올랐을뿐더러 인생이 바뀌었다. 예술의전당 오페라극장에서 공연된 오페라 《라보엠》에도 주요 배역으로 출연하고, 다수의 광고에 출연했으며, 싱글 앨범을 발매하는 등 스타로서 수입도 상당했지만, 그는 당분간 수족관 기사 일을 계속했다. 그때 그 이유를 그는 이렇게 말했다.

"갑자기 유명해지니까 제가 변할까봐 겁이 나더라고요. 꿈을 이룬데 대해 감사하는 마음으로 누군가에게 위로가 되는 노래를 꾸준히 하고 싶습니다."

폴 포츠와 김태희가 부른 〈아무도 잠들지 말라〉는 푸치니의 오페라 《투란도트》에 나오는 아리아 중 하나로, 흔히 〈공주는 잠 못 이루고〉로 잘못 알려져 있다.

투란도트 공주가 모든 구혼자에게 문제로 낸 세 가지 수수께끼의 답을 칼라프만이 정확하게 말한다. 그런데도 공주가 자기의 청혼을 거부하자 칼라프는 공주에게 날이 밝기 전까지 자신의 이름을 맞혀 보라고 기회를 준다. 만약 공주가 그의 이름을 맞히면 그를 처형할 수 있지만, 맞히지 못하면 그의 청혼을 받아들여야 한다. 냉혹한 성정을 가진 공주는 그날 밤 시종들에게 그의 이름을 알아낼 때까지 "아무도 잠들지 말라"고 명령한다. 마지막 막이 열리자 시간은 밤이 되고, 달빛 궁전의 정원에 홀로 선 칼라프는 멀리서 투란도트의 사자들이 공주의 명령을 선포하는 것을 듣는다. 그 순간, 칼라프의 아리아 〈아무도 잠들지 말라〉가 시작된다.

700

서울천마합창단과 함께하는 춤추는 클래식

700회(2019. 4. 13. 오후 7~9시, 신촌 연세로 특설무대)

'다 함께 춤추는 클래식'을 선사한 700회 기념공연은 서울천마합창단과 함께해서 더욱 뜻깊었다. 서울천마합창단(단장 최병문)은 영남대학교 재경 동문으로 구성된 합창단으로 2018년 창단 이후 활발한 활동을 벌여오고 있다. 합창단은 〈경복궁 타령〉, 〈아침이슬〉, 〈천마의 기상〉을 부르고, 나와 함께 나폴리 민요 〈푸니쿨리 푸니쿨라〉를 시민들에게 선사했다.

어깨춤이 절로 나는 경기 민요 〈경복궁 타령〉은 홍선대원군이 경복궁을 중건할 때 생긴 노래로 알려졌다. 이 민요는 가혹한 경복궁 중건 공사를 원망하여 생겼다는 견해와 그저 일의 능률을 높이는 노동요로 만들어졌다는 견해가 갈리지만, 노동요라는 견해가 유력하다. 노래의 짜임새와 분위기가 씩씩하고 경쾌해서 비판적인 느낌이 전혀 들지 않기 때문이다.

우리 현대사의 민주화운동과 온전히 함께해온 노래가 바로 〈아침이슬〉이다. 김민기가 작사 · 작곡한 이 노래는 1971년 양희은이 가수 데뷔곡으로 처음 불러 반향을 일으켰고, 이어 김민기의 음반에도 수록되었다. 이듬해에 김민기의 음반이 판매 금지된 이후 이 노래는 양희은의 음반을 통해 젊은이들 사이에 널리 퍼졌다. 그러다가 1975

년, 〈아침이슬〉은 금지곡으로 공식 지정되어 대중매체와 음반 시장에서 사라졌다. 그러나 이 노래는 이미 대중에 널리 퍼진 데다가 민주화운동을 상징하는 민중가요로 시위 현장마다 어김없이 애창되어, 금지곡 지정이 별 의미가 없을뿐더러 오히려 관심을 부채질했다. 이 노래만으로도 오랫동안 음악 활동을 금지당한 창작자 김민기는 불온한 인물로 정권에 찍혀 감시당하고 사찰당했다. 그러는 동안 〈아침이슬〉은 젊은이와 민주시민이 가장 사랑하는 노래가 되었다.

〈아침이슬〉은 노랫말의 탁월한 시적 형상화와 곡 전체에 흐르는 절제된 감정이 '아멘 마침'의 화성과 조화를 이루는 고도의 작품성으로 인해 "한국의 대중음악을 세계 수준으로 올려놓은 곡"으로 평가된다. 여기서 '아멘 마침'이란 버금딸림화음에서 으뜸화음으로 나아가 곡을 끝맺는 마침을 말한다. 흔히 찬송가에서 마지막의 "아멘!"을 부를 때 쓴다. 〈아침이슬〉에서는 "가노라", "일지라" 같은 마침이다.

아나운서 김희영의 사회와 인씨엠필하모닉오케스트라의 연주로 진행된 700회 기념 공연에는 소프라노 마유정과 바리톤 김우진이 함께하여 우리나라와 이탈리아 가곡을 선사함으로써 관객을 클래식의 바다에 빠뜨렸다. 또 곡에 대한 스토리텔링을 통해 남녀노소 누구나 흥미롭게 음악을 감상하도록 했다.

바리톤 김우진은 최진 작시·작곡의 〈시간에 기대어〉를 불러 관객의 가슴을 적셨고, 나는 소프라노 마유정과 듀엣으로 베르디의 아리

아 〈축배의 노래〉를 불러 대미를 장식했다.

"저 언덕 너머 어딘가 그대가 살고 있을까 계절이 수놓은 시간이란 덤 위에 너와 난 나약한 사람 바람이 닿는 여기 어딘가 우리는 남아 있을까"로 시작되는 〈시간에 기대어〉는 애잔하고 쓸쓸하다. 사랑하는 사람과 헤어진 후 함께했던 시간의 아름다움을 간직하고 한없이 그리워하는, 미처 이루지 못한 사랑을 그리워하는 감정을 아름다운 선율로 풀어놓는다.

국민대학교 성악과와 독일 뷔르츠부르크 국립음악대학교를 졸업하고 독일 뷔르츠부르크 국립극장 합창단원을 역임한 소프라노 마유정은 서울시오페라단을 비롯하여 국내외에서 수백 회의 공연을 수행한 역량 높은 성악가다. 현재 그는 러브인씨엠과 함께하면서 남양주시립오페라단 단원, 서울예술신학원 교수 등으로 왕성하게 활동하고 있다.

우리가 함께 부른 〈축배의 노래〉는 베르디의 오페라 《라 트라비아타》에 나오는 아리아다. 비올레타의 파티에 참석한 알프레도가 비올레타에게 노래를 불러주고 여기에 비올레타가 화답하면서 이중창이 되는데, 이윽고 모두가 함께 부르면서 합창이 된다. "마시자, 잔과 함께라면 사랑은 좀 더 뜨거운 입맞춤을 얻으리라"가 압권인 노랫말은 "한 잔 먹세그려, 또 한 잔 먹세그려, 꽃 꺾어 술잔 세며 한없이 먹세그려"로 시작되는 정철의 〈장진주사〉를 방불하는 권주가다. 〈관동별곡〉으로 유명한 송강 정철은 파란만장한 정치 인생을 살면서도 주옥같은 가사 작품들을 남겨 가사 문학의 최고봉으로 꼽힌다.

"아, 즐기자, 술잔을, 술잔과 노래를, 아름다운 밤과 웃음을. 이 낙원 속에서 우리에게 새로운 날이 밝아온다"로 끝나는 〈축배의 노래〉는 700회 기념의 '춤추는 클래식'에 잘 어울리는 노래다.

가을밤을 수놓은 클래식의 거리 향연

800회(2019. 10. 18. 오후 7~9시, 신촌 연세로 특설무대)

가을밤을 수놓은 특집 800회 기념 공연 역시 김희영 아나운서의 사회로 진행되었으며, 소프라노 마유정과 바리톤 김우진이 함께했다. 게다가 특별히 바이올리니스트 세르게이 살로와 전자첼리스트 채아가 함께하여 아름다운 선율을 선사했다.

세르게이 살로는 우크라이나 출신의 바이올리니스트로, 다양한 음악 활동을 통해 관객을 만나고 있다. 정통 클래식의 향기가 물씬 나는 연주를 선사하는 세르게이는 인씨엠필하모닉 오케스트라 악장으로 활동하고 있다.

전자첼리스트 채아는 올해로 데뷔 16년째를 맞은 베테랑 연주가로, 작곡가 아버지와 피아니스트 어머니 사이에서 태어났다. 어머니를 따라 아주 어려서부터 피아노를 치다가 일곱 살 때부터는 부모님이 좋아하는 첼로를 치기 시작했다. 오빠들이 첼로 소리라면 진저리를 칠 만큼 지독하게 연습을 한 덕분에 일찍이 실력을 인정받아 학생 때부터 가수 공연 무대에서 연주 아르바이트를 할 수 있었다. 그러다가 전자첼로 연주 권유를 받고 캐스팅되어 본격적으로 훈련을 받았다. 전자악기 연주가가 유진박 뿐이던 시절이었다.

900

코로나로 지친 모두에게 희망과 용기를!

900회(2020. 11. 16. 오후 6~9시, 명동예술극장 네거리 특설무대)

2019년 12월, 중국 우한시에서 발생한 바이러스성 호흡기 질환, 즉 코로나의 대유행으로 전 세계가 유례없는 봉쇄와 제한 그리고 격리 조치에 들어가는 등 충격에 빠졌다. 이동이 제한되어 항공과 여행 및 숙박 업계는 공황상태에 빠졌으며, 거의 모든 국제 행사와 문화 행사 그리고 스포츠 활동이 취소되거나 금지되었으며, 사람이 한 자리에 몇 명 이상 모이는 것조차 제한받아야 했다.

사스나 메르스 같은 바이러스 감염 사태의 전례에 비추어 코로나도 1년쯤 지나면 사라질 것으로 기대했다. 하지만 코로나는 1년이 지나도 수그러들 낌새가 없이 오히려 더욱 거세게 기승을 부렸다. 이렇게 유행이 길어지자 일상이 무너진 사람들은 극도로 피로감을 보였다. 코로나 감염으로 인한 건강 손실보다 코로나로 인한 고립과 제한된 일상에서 비롯된 스트레스가 더 큰 문제가 되기에 이르렀다.

코로나 감염의 예방과 치료도 중요했지만, 사람들의 우울한 마음을 치유하는 것도 그에 못지않게 중요한 일이 된 것이다. 그래서 러브인씨엠은 900회 기념공연 주제로 '우리는 코로나에도 절대 지지 않아. 다시 한번 일어나자 대한민국!' 을 걸고 '코로나로 지치고 힘든 국민에게 새로운 희망과 용기를 주는 음악'을 선사하기로 했다. 힘들고 어려울수록 문화예술은 더 살아 움직여서 대중에 더 가까이 다가가야 한다는 생각을 실천하는 것이다.

이 자리에는 800회 기념공연에 함께한 바이올리니스트 세르게이 살로와 바리톤 김우진 외에도 피아니스트 신한나, 소프라노 김현정, 테너 김태남 등이 함께해 늦가을의 명동 밤거리에서 음악의 향연을 펼쳤다. 우리는 많은 명곡을 함께 불렀으며, 독창으로는 김현정이 〈내 맘의 강물〉을, 김태남이 〈그대는 나의 모든 것〉을 불러 무대를 달구었다.

호남신학대학교 음악학과 및 대학원 음악학과를 졸업하고 독일 뮌스터국립음악대학 연수과정을 수료한 신한나는 풍부한 피아노 연주 경력을 쌓았으며, 경기필하모닉오케스트라, 린나이팝스오케스트라 단원을 역임했으며, 현재는 인씨엠필하모닉오케스트라 단원으로 활동하고 있다.

이화여대 음대 종교음악과를 졸업하고 이탈리아로 유학한 김현정은 이탈리아 뻬르니국립음악원을 졸업하고, 최고연주과정과 합창지휘과정을 수료했다. 귀국하여 여러 지자체와 대학에서 성악을 지도하는 한편 국립오페라단을 비롯한 여러 오페라단과 합창단에서 공연 활동을 했다. 현재도 전문 성악가로 활발하게 활동하고 있다.

김현정이 부른 이수인 작사·작곡의 가곡 〈내 맘의 강물〉은 마음 시리도록 맑고 아름다운 곡이다. 세월이 흘러 "그날 그땐 지금 없어도 내 맘의 강물 끝없이" 흐른다. "수많은 날은 떠나갔어도 내 맘의 강물은 끝없이" 흐른다. "새파란 하늘 저 멀리 구름은 두둥실 떠나고 비바람 모진 된서리 지나간 자욱마다 맘 아파도 알알이 맺힌 고운 진주알 아롱아롱 더욱" 빛난다. 이 얼마나 아름다운 노랫말인가. 우리 가곡의 진수는 곡도 곡이지만 한국어 표현의 풍부함과 섬세함을 한껏 살린 영롱한 노랫말에 있다.

헝가리 작곡가 프란츠 레하르의 오페라타《미소의 나라》에서 중국의 왕자 수총이 부르는 가슴 아린 사랑의 아리아가 〈그대는 나의 모든 것〉이다. 중국의 왕자 수총은 외교관 신분으로 오스트리아 빈에서 살다가 백작의 딸 리사와 사랑에 빠져 결혼한다. 황제의 부름을 받고 리사와 함께 고국으로 돌아온 수청은 중국 황실의 관례대로 네 명의 첩실을 더 두게 된다. 이에 상심한 리사는 틀어박혀 수총을 다시는 보지 않으려 하자 수총이 리사에게 "내 사랑은 오직 당신뿐"이라며 고백하는 노래다. 이 아리아의 제목은 원본대로 번역하면 〈내 모든 마음은 너의 것〉이다.

"네가 없는 곳, 난 존재할 수 없어. 저렇게, 햇빛이 꽃에 입 맞추지 않으면 시들어버리는 꽃처럼. 내 가장 아름다운 노래는 너의 것, 그 노래는 오직 사랑에서 피어나기 때문이지…"로 이어지는 노랫말을 음미해보면, 의역한 〈그대는 나의 모든 것〉보다는 원본의 〈내 모든 마음은 너의 것〉이 제목으로 더 마땅하지 싶다.

오페레타(operetta)는 '작은 오페라'라는 뜻으로, 오페라보다 가벼

운 작품을 분류하여 부르는 명칭이다. 오페라타는 대개 현실의 삶과
세상을 담고 있어 쉽게 이해할 수 있는 희극이다. 오페라처럼 작품
전체가 음악으로 작곡된 것이 아니라 노래 외에 대사도 있고, 춤이나

엔터테인먼트 요소가 거의 빠짐없이 들어간다.

나는 900회 거리공연을 마치고 탁계석 한국예술비평가회장과 대
담했다. 그 대담을 〈문화저널21〉 박명섭 기자가 정리하여 2020년 12
월 1일자에 실었다. 〈문화저널21〉은 2006년에 창간한 종합 인터넷
일간지로, 정치, 경제, 사회, 문화, 스포츠, 연예, 시사 정보와 뉴스를
제공한다.

"사회에서 소외되고 상처받은 분들께 음악이 중요"

■ 대담: 탁계석(한국예술비평가회장), 노희섭(인씨엠예술단장)
■ 정리: 박명섭(문화저널21 기자)

[탁] 900회 거리공연을 마쳤는데요. 시작한 동기가 무엇인가요?

[노] 제가 세종문화회관 서울시오페라단에서 10년 넘게 일하면서 오페라에 관객이 없는 원인이 무엇인지 고민했어요. 비싼 관람료도 문제이겠지만, 근본 원인은 어려서부터 관람하는 문화가 없다는 거예요. 오페라 한 번 올리는 데 10억 원쯤 들어요. 푯값이 비싸다지만, 입장 수입은 많아야 5천만 원이나 될까 말까 하니까 그걸로는 수지를 맞춘다는 게 어림도 없어요. 이런 모순을 그대로 껴안고 있는 현실이 안타까웠습니다. 제가 성악가이면서 기획도 하고, 또 행정 경험도 있어서 길거리 콘서트를 하게 되었지 싶어요.

[탁] 거리에서 계속 노래하면 소리를 잃지 않을까 우려했는데요.

[노] 그렇지 않습니다. 늘 노래를 하게 되니까 연습이 되고 근육도 강화되면서 소리가 좋아졌죠. 오히려 관리가 잘 되는 셈입니다. 콘서트홀 같이 꼭 좋은 공간에서만 연주한다는 생각에서 탈피해야 한다고 봅니다. 안과 밖의 경계를 허물고 '누구라도 내 음악을 들어주니 기쁘다' 는 마음가짐이 있어야 합니다.

[탁] 클래식 감상이 서구에선 일상이지만, 우리의 인식은 다르지 않습

니까?

[노] 그렇지요. 유럽에선 관객 모두가 즐기고 호응하는 것에 비하면, 우리 현실에서는 '좀 안 돼 보인다'거나 '왜 저럴까' 하는 시선도 있는 게 사실입니다. 서로 문화가 달라서 그런 것 아니겠습니까. 이런 것 아랑곳하지 않고 하다 보면 진지하게 감상하는 관객도 적지 않습니다. 특히 노숙자들은 소주를 마시면서도 비록 흐트러져 있지만, 누구보다 깊이 음악에 빠져드는 것 같아요. 사회에서 소외되고 상처받은 분들께 음악이 중요하다고 봅니다. 영화 〈타이타닉〉을 보면 배가 침몰하는 마지막 순간까지 연주하는 모습에서 음악가의 사명을 확인시켜 줍니다.

탁] 버스킹 학점화를 주장하셨는데요. 어떤 효과가 있을까요?

[노] 버스킹 학점화는 학생들에게 실습장 제공이고 사회를 익히는 배움의 장으로는 더할 나위 없겠지요. 찬바람을 맞으며 배우는 것이 얼마나 많겠습니까? 연주란 멈추면 기능이 떨어지고, 오래되면 할 수 없게 된다

는 것을 모르는 사람이 어디 있을까요? 이 기회를 빌려 당부드립니다. 음악대학 학과장님들이 학점화를 해주시면 결국 취업이나 근력의 뿌리가 생겨납니다. 하다 보면 생산적인 방향으로 연결되거든요. 학점화 덕분에 음대생들이 모두 거리로 쏟아져 나온다면 정말 엄청난 변화가 일어날 것이고 볼 만할 거예요. 거리에 클래식이 넘쳐나고, 이로써 클래식 생태계가 완전히 바뀌게 되죠. 언젠가는 성사되리라 확신합니다.

[택] 많은 귀국 유학 음악도나 대학 졸업 후 진로에 고민하는 분들이 버스킹을 통해 새로운 활력을 찾을 수 있었으면 좋겠습니다. 감사합니다.

994

우리 다 함께 노래하며 마음을 열어요!

994회(2022. 7. 5. 오후 7~9시, 대학로 마로니에공원)

역사적인 1,000회 거리공연을 몇 회 앞둔 2022년 여름의 한가운데. 대학로 마로니에공원에서 994회 거리공연을 열었다.

길어도 2년이면 끝날 줄 알았던 코로나는 백신이 보급되고도 인간의 과학을 비웃기라도 하듯 변이에 변이를 거듭하며 더 빠른 전파력으로 살아남아 3년째인 지금까지도 꺾일 낌새 없이 기승을 부리고 있다.

그래도 다행히 치명률은 현저히 낮아져 '위드 코로나' 로 가는 길이

모색되고 있다. 그러면서 모임의 제한이 완화되고 일상을 회복하려는 노력이 조금씩 성과를 보이면서 숨통이 트이고 있다.

그런 가운데 우리 거리공연도 조금씩 더 활기를 찾아가고 있다. 이번 마로니에공원 공연에서 그런 분위기를 확실하게 확인할 수 있었다. 무대와 객석의 경계가 완전히 사라져버린 무아지경의 클래식 노래판이 한마당 걸게 벌어진 것이다.

다음은 공연이 끝난 후 관객들이 남긴 댓글 반응이다.

"애창곡 많이 불러주셔서 감사합니다~~ 눈 빠지도록 비를 기다리는데 비 한 방울 오지 않네요. 잘 듣고 갑니다. 부라보!!"

"즐거운 시간이었습니다. 멋진 노래 들으며 오후 시작합니다. 계속 응원합니다. 건강하세요."

"진정한 거리의 성악가 거성 노희섭을 끝까지 응원합니다. 짝짝짝~~~"

"땀으로 흠뻑 젖은 열정으로 문화의 중심지 대학로를 장악하셨습니다~!! 9월 24일, 예술의전당 1,000회를 향해~!!"

"찬양이 울려 퍼지는 밤이었네요. 더위에 고생 많으셨어요.~"

"유럽 거리공연은 아말피 광장에서 4월 20일,

301회로 시작해서 피렌체, 베네치아,

잘츠부르크(오스트리아)를 거쳐

4월 25일, 밀라노 라 스칼라 극장 앞에서

308회를 끝으로 마무리했다.

이틀에 3회꼴로 K-거리공연이

오페라의 본고장을 누비고 다닌 것이다."

02

K- 거리공연,
유럽에 가다

2013년 7월에 시작한 거리공연을 2017년 4월, 45개월 만에 300회를 마쳤다. 여기까지만 해도 험난하고 기나긴 여정이었다. 국내 공연이 300회에 가까워지자 나는 재충전을 할 겸 열흘 남짓 해외 거리공연을 다녀올 작정을 했다. 오페라는 아무래도 이탈리아를 비롯한 유럽이 본고장이고, 또 내가 유학한 곳이어서 익숙하므로 유럽으로 여행 일정을 잡았다.

2017년 4월 15일에 신촌에서 300회 기념 거리공연을 마친 나는 이틀 뒤인 17일, 이탈리아행 비행기에 몸을 실었다. 이륙하는 비행기에서 내려다본 조국의 산하는 연초록 물감을 들인 듯 싱그러운 봄기운이 완연했다. 바다는 봄 햇살에 물비늘을 반짝이며 물새들을 불러 뛰어놀았다. 4년 가까운 세월, 거리를 오가는 관객들과 거리에서 함께한 300번의 공연이 파노라마로 비행기 차창에 어렸다가 날아내려 푸른 바다 가득 펼쳐졌다. 가슴이 뜨거워지면서 눈물이 났다.

긴 여정을 거쳐 마침내 첫 목적지인 이탈리아의 아름다운 소도시 아말피에 도착했다. 아말피는 이탈리아반도 남부 해안 캄파니아주에 있는 인구 5,000여 명의 작은 어촌 마을이지만, 옛날에는 아말피 공화국의 수도로 번영을 구가한 도시였다.

그리스 신화에서 사랑하는 요정 아말피가 일찍 죽자 슬픔에 잠긴 헤라클레스는 아말피를 세상에서 가장 아름다운 곳에 묻어주려고 온 세상을 샅샅이 뒤졌다. 마침내 찾아낸 곳이 여기여서 아말피라는 지명이 붙었다는 전설이 있다.

533년 무렵 나폴리를 비롯한 이 지역이 동로마제국 영토로 편입되었다. 850년 무렵, 아말피는 베네치아, 제노바, 피사와 함께 4대 해상 강국으로 꼽힐 만큼 융성했지만 11세기 말부터 주변 정세의 변화로 쇠퇴하였다.

아말피 광장의 랜드마크인 성 안드레아 두오모(대성당) 성당을 중심으로 펼쳐진 아말피는 '지중해의 보석' 으로 불릴 만큼 아름다운 마을이다. 성 안드레아 성당은 9세기에 착공한 이후 시대를 달리하며 개축된 덕분에 비잔틴, 아랍, 고딕 등 다양한 양식이 혼용된 색다른 분위기의 성당이다. 유네스코 세계문화유산으로 지정된 아말피 해안은 〈내셔널지오그래픽〉과 〈BBC〉가 '죽기 전에 가봐야 할 50곳' 에서 1위로 꼽을 만큼 숱한 문화유산을 품고 있으면서 절경

을 자랑한다.

유럽 거리공연은 바로 이곳 아말피 광장에서 4월 20일, 301회로 시작해서 피렌체, 베네치아, 잘츠부르크(오스트리아)를 거쳐 4월 25일, 밀라노 라 스칼라 극장 앞에서 308회를 끝으로 마무리했다. 이틀에 3회꼴로 K-거리공연이 오페라의 본고장을 누비고 다닌 것이다.

나는 유럽 거리공연에서 푸치니의 오페라《투란도트》중 칼라프 왕자의 아리아 〈아무도 잠들지 말라〉, 도니제티의 오페라《사랑의 묘약》중 농부 네모리노의 아리아 〈남몰래 흘리는 눈물〉, 베르디의 오페라《리골레토》중 만토바 공작의 아리아 〈여자의 마음은 갈대와 같이〉, 푸치니의 오페라《토스카》중 카바라도시의 아리아 〈별은 빛나건만〉, 비제의 오페라《카르멘》중 에스까밀료의 아리아 〈투우사의 노래〉, 로시니의 오페라《세비야의 이발사》중 이발사 피가로의 아리아 〈나는 이 거리의 만물박사〉, 이탈리아의 칸초네인 카푸아의 〈오 솔레 미오〉, 쿠르티스의 〈돌아오라 쏘렌토로〉, 카르딜로의 〈무정한 마음〉 등을 즐겨 불렀다.

아말피의 성 안드레아 두오모 성당 앞 광장에서 나의 거리공연을 본 관객들의 환호, 베네치아로 이사 와서 콜라보로 공연하자던 레스토랑 연주자들의 진지한 제안, 밀라노 거리에서 "이런 공연을 듣다니! 정말 꿈만 같다"며 감동의 눈물을 흘리던 이탈리아 아주머니들…. 이탈리아 아주머니들이 듣고 눈물을 흘린 곡은 아리아 〈아무도 잠들지 말라〉이다. 앞에서 언급했듯이 휴대전화 외판원 폴 포츠가 불러 출세한 곡으로 화제가 되기도 했다.

역시 클래식의 본고장답게 가는 곳마다 뜨거운 반응을 보였다. 나는 유럽에 가 있는 동안 내내 박수갈채와 환호에 휩싸인 거리의 스타였다. 한국에서 300회 공연을 하는 동안 쌓인 피로가 말끔히 풀리고 1,000회까지 갈 수 있는 새로운 에너지가 충전되었다.

'지중해의 보석'을 울린 한국의 목소리

301회(2017. 4. 20. 아말피 광장)

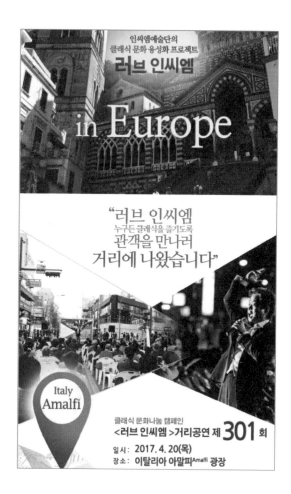

아말피 광장 뒤로는 1200년 역사의 고색
찬연한 '두오모 디 아말피'가 병풍처럼 둘러 서 있다. 두오모는 이탈
리아를 대표하는 대성당을 뜻한다. 아말피의 수호성인은 예수의 제
자 중 베드로와 함께 어부였던 안드레아다. 그래서 두오모 디 아말피
는 다른 이름으로 성 안드레아 대성당이다. 대성당 앞 두오모 광장에
있는 어부의 샘은 연인들의 공간으로 유명하다.

나는 바로 이 아말피 광장의 계단에 앉아 쉬거나 노니는 사람들을
상대로 유럽에서의 첫 거리공연을 벌였다.

내가 노래한 이곳 광장 계단에는 대가의 자취가 남아 있다. 전설적
인 테너 루치아노 파바로티가 젊은 시절에 이 계단에 앉아 〈돌아오
라 쏘렌토로〉를 불렀다.

파바로티는 생전에 한 이탈리아 언론과의 인터뷰에서 아말피를 언
급했다.

"젊은 시절 잠시 들렀던 소렌토는 평생의 기억 속에 남아 있다. 그
러나 그보다 한참 후에 아내 베로니와 머물렀던 아말피는 소렌토를
품고도 남았다."

파바로티는 서른 살 무렵에 아내 베로니와 함께 처음 아말피에 왔다. 밀라노 라 스칼라에서 화려하게 데뷔한 데 이어 뉴욕 메트로폴리탄 무대에 서면서 순식간에 세계적인 테너가 된 직후였던 것 같다. 아말피 절벽의 작은 호텔에서 일주일간 머물던 파바로티는 밤이 되면 이곳 아말피 대성당 계단에 앉아 나직하게 노래하곤 했다. 그때가 1960년대 중반 무렵 아날로그 시대라, 이제 막 뜬 파바로티의 얼굴을 외진 어촌에서 알 리 만무했다. 성당 앞 계단에서 홀로 이탈리아 민요와 성가를 부르던 파바로티에게 다가온 한 노인이 자신의 기타 반주에 맞춰 노래를 해보겠냐고 묻자 파바로티는 흔쾌히 〈돌아오라 쏘렌토로〉를 불렀다.

노래를 들은 사람들이 감탄해 마지않자 노인은 파바로티에게 "노래에 소질이 있으니, 로마에 가서 가수가 되어 보라"며 격려했다. 이에 파바로티는 태연하게 장단을 맞췄다.

"예, 저는 오페라 가수가 될 겁니다. 그래서 라 스칼라에서도 메트로폴리탄에서도 노래할 거예요. 저는 그때 오늘의 이 무대를 절대 잊지 않을 겁니다."

이 이야기가 사실인지는 확실하지 않지만, 아말피의 노인들 사이에서는 사실로 널리 퍼져 있다. 사실이든 아니든 그게 중요한 것 같지는 않다.

아말피 광장에서는 지금도 수많은 예술가가 다양한 재능으로 거리공연을 한다. 노래를 부르거나 악기를 연주하는 것은 물론이고 피에로로 분장하여 사람들을 즐겁게 해주기도 한다. 이곳뿐 아니라 유럽 웬만한 도시의 거리에서는 크고 작은 공연이 일상으로 벌어진다. 클래식이 그런 공연의 중심이다. 해안을 달리는 버스 안에서도 피아노 오르간을 위한 토카타, 가령 바흐의 〈토카타와 푸가 D 단조〉나 드뷔시의 〈피아노를 위하여〉 3악장이 울려 아름다운 도시를 더 아름답게 한다.

'르네상스의 꽃'에서
클래식의 부흥을 꿈꾸다

302회(2017. 4. 21. 피렌체 벨베데레 광장)

나는 두 번째 유럽 거리공연을 '르네상스의
꽃'으로 불리는 도시, 피렌체의 벨베데레 광장에서 열었다.

벨베데레는 무슨 지명이 아니라 건축물 일부의 양식을 가리킨다.
꼭대기는 지붕으로 덮였지만, 벽은 한 면 또는 여러 면이 트인 형태
다. 보통 건물의 위쪽에 놓이는데 독립된 건물 형태로도 존재한다.
벨베데레는 르네상스 때부터 이탈리아에서 유행했는데 북유럽의 추
운 지역에서는 대체로 건축장식에 지나지 않았다. '벨베데레'는 바
티칸의 벨베데레 갤러리나 빈의 벨베데레 궁전처럼 '전망 좋게 설계
한 건물' 전체를 일컫기도 한다. 피렌체의 벨베데레 광장은 피렌체
시내가 한눈에 내려다보일 만큼 전망이 좋은 곳이다.

'생각하며 사는 사람의 고향'으로 불리는 피렌체는 '꽃의 도시'
라는 뜻이다. 이 화관과도 같은 도시에서 르네상스가 개화했다. 중세
의 암흑을 걷어내고 인문주의 운동으로 새로운 시대를 열어젖힌 곳
이다. 피렌체는 새로운 생각, 새로운 아름다움, 새로운 인간다움을
발견하고 구현한 인문학의 고향이다. 그 배경에는 숱한 천재들이 있

다. 단테, 보카치오, 페트라르카, 안젤리코, 미켈란젤로, 다빈치, 마키아벨리, 갈릴레이 등 헤아릴 수도 없는 인문학자와 예술가와 과학자가 이 도시에서 태어나 활동하면서 세상을 새롭게 해석하고 수놓았다.

르네상스가 무르익던 15세기 피렌체에서 활동한 인문학자 레오나르도 브루니는 《피렌체 찬가》에서 '피렌체에 대해 글을 쓰는 사람'이 느끼는 감동을 자못 격정적으로 표출했다.

불멸의 신이시여, 이제부터 제가 이야기하려는 이 도시, 피렌체의 영광에 필적할 만한 언변을 제게 주소서. 그것이 허락되지 않는다면, 적어도 이 도시를 찬양하는 데 필요한 열정과 희망만이라도 주십시오. 언변이나 열정, 그 둘 가운데 어느 것을 통해서라도, 이 도시의 위대함과 존엄성이 충분히 표현될 수 있어야 한다고 저는 믿습니다. 그 누구도 이 도시보다 더욱 빛나고 영광스러운 곳을 이 세상 어디에서도 발견할 수 없을 것입니다. 피렌체는 이처럼 위대하고 장엄한 도시입니다. 저는 저 자신을 매우 잘 알고 있습니다. 그런 저 자신을 반추해보면, 제 삶에서 이보다 더 간절하게 원한 일은 없었습니다. 따라서 저는, 만일 제 소망이 받아들여진다면, 우아하고 위엄 있는 언어로 가장 아름답고 탁월한 이 도시를 이야기해야만 한다는 사실을 조금도 의심하지 않습니다. 실제로 이 도시는 경탄할 만한 탁월함을 지니고 있어, 그 누구의 아무리 뛰어난 언변으로도 이를 충분히 표현할 수는 없습니다.

어떤 말로도 피렌체를 충분히 표현할 수 없다는 말에 나는 공감한다. 다른 사람들이 그렇듯이 나 역시 르네상스가 낳은 피렌체의 예술과 아름다움을 서술한 책 100권을 읽느니 직접 와서 한 번 보는 감동이 100배는 더 클 것으로 생각한다.

오페라의 성지에서 K-오페라를 열창하다

303~304회(2017. 4. 22~23. 베네치아 산마르코 광장)

베네치아 산마르코 광장에서 벌인 303/304
회 거리공연은 무척 특별했다. 광장에는 많은 사람이 오후의 한가로
움을 즐기고 있었다. 광장의 레스토랑에는 발 디딜 틈도 없이 손님들
로 꽉 차 있었다. 게다가 레스토랑에는 연주 밴드까지 있었다. 그 밴
드의 연주에 맞춰 광장에 오페라가 울려 퍼지자 그 많은 사람이 놀라
면서도 일제히 귀 기울여 경청했다.

한 곡이 끝날 때마다 박수갈채를 보내며 진심으로 찬탄을 보내는

관객을 보며 나는 가슴이 뜨거워지고 코끝이 시큰해졌다. 내 노래가 이역만리에 와서 호강하는구나. 여기서 배워간 오페라가 K-오페라로 되돌아와 본고장 사람들을 감동에 빠뜨리다니! 나는 신나게 열창했다.

공연이 끝나자 레스토랑에서 연주하던 밴드 단원들이 오랜 친구를 만난 듯 반가워했다. 그러면서 이곳 베네치아로 이사와 살면서 우리랑 콜라보로 함께 공연하면 좋겠다고 제안했다. 고마운 제안이라며 웃어넘겼지만, 실제로 그럴 수도 있는 일이고, 또 '그렇게 사는 것도 괜찮은 삶이지' 하는 생각이 들었다.

303회 공연을 마치고 다음 날은 다른 데로 옮겨 공연할 작정이었는데, 레스토랑 연주단의 간곡한 요청으로 하루 더 머물며 같은 장소에서 304회 공연을 했다.

물 위에 세워진 신비로운 도시, 베네치아에 가면 "그대, 계속해서 오라!"고 속삭이는 듯하다. '베네치아'는 라틴어로 '계속해서 오라'는 의미다. 그 속삭임에 이끌렸을까. 이미 음악가로 명성을 날리던 열다섯 살의 볼프강 모차르트도 아버지 레오폴트 모차르트를 따라 베네치아에 와서 스무날 남짓 머무는 동안 비로소 음악이 아닌 성에 눈떴다.

모차르트 가족은 1769년 12월 13일부터 1771년 3월 28일까지 이탈리아를 여행했는데, 1771년 2월 20일, 마지막 여행지인 베네치아에

도착했다. 베네치아는 117개의 섬과 150개의 운하 그리고 378개의 다리로 연결되었고, 그 한가운데를 흐르는 대운하가 있다. 베네치아는 그 어느 도시들보다 오페라 융성에 크게 이바지한 오페라의 성지

다. 여러 길드의 후원으로 17세기 말까지 16개의 오페라하우스가 설립되고, 350여 곡의 오페라가 창작되었다. 모차르트 가족은 3월 12일, 베네치아를 떠나 고향으로 향했다. 아버지 레오폴트는 베네치아를 떠나며 들뜬 아들 볼프강에게 타일렀다.

"이 세상의 소란에는 그 어떤 가치도 부여하지 말아라. 세상의 호감을 얻으려고 하다가는 아무것도 이룰 수가 없단다."

베네치아의 중심은 산마르코 광장이다. 광장은 대운하 출구 쪽 기슭에 자리하고 있다. 나폴레옹은 이곳을 "세상에서 가장 아름다운 응접실"이라고 극찬했다. 광장을 중심으로 시계탑과 종루, 산마르코 성당과 두칼레 궁전이 둘러서 있다. 베네치아 공화국 권력의 상징이던 두칼레 궁전과 감옥을 잇는 다리가 '탄식의 다리' 다. 두칼레 재판소에서 유죄판결을 받은 죄수는 이 다리를 건너 지하감옥에 갇히는데, 다시는 햇빛을 볼 수 없다는 절망감에 한숨이 절로 나왔다 해서 붙여진 이름이다.

산마르코 성당은 열두 사도 중 한 명인 성 마르코의 유해를 모신 성당으로, 로마네스크 양식과 비잔틴 양식이 절묘하게 융합된 건축물이며 동서양 문명의 합작품이다.

모차르트의 고향에 울려 퍼진 K-거리공연

305회(2017. 4. 24. 오스트리아 잘츠부르크 모차르트 광장)

잘츠부르크는 옛 시가지 전체가 유네스코 세계문화유산에 등재되었을 만큼 유서 깊은 아름다움을 간직한 도시다. 잘츠부르크는 '소금의 성'을 뜻하는 지명 그대로, 예로부터 소금 산지로 융성하여 오스트리아에서 가장 부유한 상업 도시였다.

무엇보다 모차르트가 태어나 자란 음악 도시로, 유럽 3대 음악제인 잘츠부르크 페스티벌이 열리는 매년 여름이면 전 세계 음악인이 잘츠부르크로 몰려든다. 잘츠부르크는 세계적인 여행안내 책자 〈론리플래닛〉이 발표하는 '꼭 방문해야 할 도시'에서 거의 해마다 1위로 선정될 정도다. 비록 인구 15만의 작은 도시지만, 해마다 4,500개의 크고 작은 음악제와 페스티벌이 열리는 문화 대도시다.

모차르트 생가는 모차르트가 태어나 열일곱 살까지 살았다. 노란색으로 칠해진 모차르트 생가 건물에 들어서면 어린 모차르트가 사용했던 악기와 악보 등이 전시되어 있어 천재 음악가의 숨결을 생생히 느낄 수 있다. 생가 근처에는 펜을 든 모차르트 동상이 있고, 그 동상 앞 광장이 모차르트 광장으로, 그 근방에는 모차르트가 즐겨 찾았다는 단골 식당 슈테른브로이가 있다. 16세기 작은 양조장으로 시작한 이 레스토랑은 500년을 이어오고 있다. 한국에서는 '50년 전통' 도 자랑인데, 500년이라니 저절로 옷깃이 여며진다.

나는 이처럼 엄청난 문화와 음악 자산을 가진 모차르트의 고향 한 복판에서 305회 거리공연을 벌였다. 관객이 몇 명이든 상관없었다. 내 뒤에서 경청하는 모차르트만으로도 충분했다.

라 스칼라의 영웅에게 헌정한 K-거리공연

306, 307, 308회(2017. 4. 25. 밀라노, 에마누엘레 2세 거리/
대성당 광장/라 스칼라 앞)

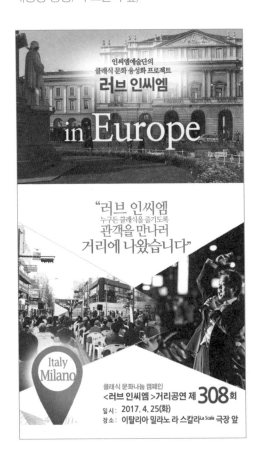

4월 25일, 유럽 공연 마지막 날에 나는 밀라노에서 세 번의 거리공연을 열었다. 비토리오 에마누엘레 2세 갤러리아가 있는 거리에서 이날 첫 거리공연을 열고, 비토리오 에마누엘레 2세 동상이 있는 밀라노 대성당 광장으로 옮겨 두 번째 공연을 열었다. 그리고 유럽 오페라 공연의 최대 성지라 할 수 있는 라 스칼라 극장 앞에서 유럽 거리공연이 마지막을 장식했다.

1776년 오스트리아의 마리아 테레지아 여제가 창건한 이후 250년

역사를 이어온 라 스칼라는 19세기에 작곡가 주세페 베르디와 예술 감독이자 불멸의 지휘자 토스카니니의 활약으로 극장 역사상 가장 훌륭한 업적을 남김으로써 세계적인 명성을 얻었다. 밀라노는 라 스칼라로 인해 예술과 문화 도시의 면모를 유지하고 있다고 해도 과언이 아니다.

이탈리아 경제의 중심지이자 북이탈리아 공업의 중심지로, 또 문화의 중심지로 발전해온 밀라노는 수도 로마와 더불어 이탈리아 양대 도시다.

'밀라노 패션쇼'로 유명한 밀라노는 패션뿐 아니라 음식, 오페라, 유럽 오페라의 중심인 라 스칼라 극장, 밀라노 대성당, 그리고 레오나르도 다빈치의 〈최후의 만찬〉으로도 유명하다. 비토리오 에마누엘레 2세 갤러리아는 밀라노를 상징하는 쇼핑 아케이드로, 밀라노 대성당과 라 스칼라 광장을 연결하고 있어서 인기가 높다. 밀라노 대성당은 규모도 규모지만 화려함의 극치를 이루는 건축물로 유명하다. 그 광장에 비토리오 에마누엘레 2세 동상이 서 있다. 비토리오 에마누엘레 2세는 통일 이탈리아 왕국 최초의 왕이다.

앞에서 잠깐 토스카니니를 언급했는데, 이탈리아 오페라 하면 토스카니니를 빼놓고서는 말할 수 없다. 아니, 세계 오페라 역사라 해도 그렇다.

그가 '20세기 최고의 지휘자'로 추앙되는 이유는 단순히 뛰어난 지휘자라서

만이 아니다. 그는 오페라 발전에 도움이 되는 것이라면 무엇이든 진보적으로 수용하고, 발전에 장애가 되는 것이라면 과감하게 척결함으로써 인습에 찌든 사교장에 불과했던 오페라하우스를 현대적인 예술공연의 무대로 탈바꿈시켰다.

열아홉 살 때인 1886년 오페라단에 첼리스트 겸 합창부 지휘자로 입단한 토스카니니는 《아이다》의 브라질 공연에 참여했다. 공연을 눈앞에 두고 극단과의 불화로 지휘자가 사퇴하는 사달이 났다. 급하게 지휘봉을 잡은 부지휘자에 이어 합창 지휘자까지 관객의 야유를 받아 쫓겨나고 말았다. 그러자 달리 대안이 없어(평소 지휘에 대한 열정으로 소문이 난) 토스카니니에게 기회가 왔다. 지휘대에 올라간 토스카니니는 대뜸 악보를 덮어버리고는 암기한 악보, 즉 암보로 이 대곡을 완벽하게 지휘함으로써 일순간에 명성을 떨쳤다.

일설에는 심한 근시안인 그가 악보를 읽을 수 없어서 초인적인 암기력을 갖게 되었다는데, 그가 완벽하게 외워서 암보로 지휘할 수 있는 곡이 교향곡은 250여 곡, 오페라는 100여 곡에 이르렀다고 한다.

죽기 3년 전인 여든여섯 살까지 지휘봉을 놓지 않았을 만큼 대단한 열정의 소유자였던 토스카니니는 나이 들면서 더 젊게 살았다. 한번은 파티장에서 젊은이들을 모아놓고는 60대 후반의 사람들을 가리키면서 "저 늙은이들이 다 가고 나면 우리끼리 신나게 놀아보자!"고 했다는데, 이때 토스카니니의 나이가 80대 초반이었다.

"봄바람에 꽃향기 날리는 주말 저녁,

신촌 연세로 차 없는 거리에는

전문 댄서들과 관객들이 어우러진

신명 난 춤판이

경쾌한 클래식의 선율을 타고

봄꽃처럼 화사하게 피어난다."

얌얌 콘서트와
왈츠 축제

나는 거리공연 외에도 '얌얌 콘서트' 라는 새로운 형식의 파격적인 콘서트를 열고 있는데, '거성 노희섭' 유튜브 채널을 통해 콘서트를 동시 상영하고 있으므로 언제든지 찾아볼 수 있다. '얌얌' 은 음식을 맛있게 먹는 소리를 나타내는 '냠냠' 에서 가져온 이름이다.

얌얌 콘서트의 콘셉트 특징은 '요리하는 남자' 에 있다. 내가 성악가와 셰프, 1인 2역을 하는 콘서트다. 한마디로 이탈리아 정통 코스 요리와 함께하는 클래식 공연이다.

게다가 이 얌얌 콘서트에는 왈츠 타임이 있어 클래식의 묘미를 음악을 넘어 댄스로도 느끼고 즐길

수 있다.

왈츠는 아예 해마다 축제를 열어 클래식 대중화의 한 축으로 삼고 있다. 인씨엠예술단은 국가대표 댄스팀 라 루체와 손잡고 서대문구와 파트너십으로 2015년 4월 25일 제1회 대회를 시작으로 해마다 신촌 왈츠 축제를 열어오고 있다. 봄바람에 꽃향기 날리는 주말 저녁, 신촌 연세로 차 없는 거리에는 전문 댄서들과 관객들이 어우러진 신명 난 춤판이 경쾌한 클래식의 선율을 타고 봄꽃처럼 화사하게 피어난다.

왈츠 축제는 해마다 신촌에서 열리는 정기 축제 말고도 '찾아가는 왈츠'를 통해 언제 어디서나 왈츠가 필요한 곳이면 달려가 춤의 향연을 벌인다.

나는 이런 다양한 형식과 내용의 활동들을 통해 클래식이 가진 매력을 한껏 발휘함으로써 대중이 클래식을 일상으로 접하고 즐길 수 있도록 애쓰고 있다. 내가 인씨엠예술단을 창립한 뜻도 바로 여기에 있다. 예술단 창립 이후 분투해온 세월이 어느덧 16년이다. 창립 20주년쯤이면 예술단은 어떤 모습일까? 우리도 라 스칼라 못지않은 오페라 공연의 심장을 갖게 될까?

이에 대한 열쇠는 클래식의 대중화가 쥐고 있다. 스포츠가 그렇듯 예술도 그것을 찾고 즐기는 사람이 많아져야 진정한 발전을 이룰 수 있기 때문이다.

요리하는 남자, 이탈리아 정통요리와 클래식의 앙상블

Since 2020. 12. '거성 노희섭' 유튜브

클래식의 거리공연을 이탈리아 정통요리와 함께 실내로 들여온 것이 '얌얌 콘서트'다. 얌얌 콘서트는 매월 셋째 주 수요일 저녁 6시에 열린다. 그날 저녁 나는 이탈리아 정통요리 레스토랑의 셰프가 되어 코스 요리를 정성껏 만들어 내놓는다. 그리고 코스 사이사이 요리를 즐기는 손님들에게 오페라를 선사한다. 레스토랑에 이탈리아 정통요리를 먹으러 와서 뜻하지 않게 오페라를 듣게 되는 콘셉트다.

2020년 12월 말, 나는 첫 얌얌 콘서트를 열었다. 셰프의 앞치마를 두른 나는 첫 곡으로 〈그대를 사모하여〉를 선사했다. 〈그대를 사모하여〉는 쿠르티스 작곡의 이탈리아 가곡이다. 쿠르티스는 이 밖에도 〈돌아오라 쏘렌토로〉, 〈나를 잊지 말아요〉 같은 주옥같은 칸초네를 남겼다. 〈그대를 사모하여〉는 곡도 곡이지만 노랫말이 너무도 아름답고 감미로워 여기 우리말 풀이를 소개한다.

나 그대를 사모하네

캄캄한 하늘에 빛나는 별 하나 없어도

나의 갈 길 비추는 그대는 나의 별이라

그대는 나의 운명, 나의 반려, 나의 생명이라

말해주오, 불멸의 나의 사랑이여

그대 사랑 태양처럼 변함없다고

말해주오, 거짓 없는 사랑이여

꿈속에서도 만나는 사랑이여

나는 그대만을 사모하오

이 땅 위에 오직 그대만이 내 사랑

사랑이여, 불타는 내 맘속의 생명이여

그렇다면 얌얌 콘서트는 구체적으로 어떤 프로그램에 따라 진행될까. 이는 내가 직접 설명하기보다는 2021년 6월 15일(수요일, 저녁 6시)에 열린 콘서트 참석자가 블로그('통키63힐링이야기')에 정리하여 올린 글로 대신하는 것이 더 좋을 성싶다.

♪♪ 블로그 '통키63힐링 이야기'

클래식의 혁명가로서 큰 뜻을 품고 스텝 바이 스텝으로 묵묵히 걷고 있는 바리톤, 거리의 성악가이자 요리하는 남자, 인씨엠예술단 노희섭 단장이 진행하는, 이탈리아 정통요리와 와인 그리고 음악과 춤이 있는 얌얌 콘서트에 초대받아 체험한 감동과 울림을 떠올려본다.

노희섭 단장은 이탈리아 유학 당시 요리에도 재능이 있는 자신을 발견하고 나름 요리 실력도 키워왔다. 그 실력을 매월 셋째 주 수요일 저녁 6시에 여는 얌얌 콘서트에서 발휘한다. 콘서트는 다양한 퍼포먼스로 진행되었다.

나는 그날 중요한 미팅이 늦게 끝나는 바람에 서초구 오트밀키친에서 열리는 얌얌 콘서트에 조금 늦게 도착했다.

같은 테이블에 앉은 분들과 통성명을 하고 치즈, 프로슈트 모짜렐라치즈 샐러드, 올리브 요리를 즐긴다. 그때 노희섭 셰프의 열창이 시작된다. 드디어 클라이맥스. 다 함께 노래에 맞춰 축배를! 오늘 처음 뵙는 분들이지만 이내 분위기에 젖어 들고, 다 함께 건배!

그러자니 국가대표 댄스팀 라 루체의 환상적인 공연이 펼쳐진다. 한 동작 한 동작도 놓치기 아까워 사진으로 담아낸다.

신나는 음악에 몸을 내맡기듯 그토록 유연한 몸짓에 박진감까지 혼신의 멋진 춤사위에 그만 무아지경. 격정적인 드라마 한 편을 보는 듯 열정과 감동, 그야말로 흥분의 도가니. 열렬히 환호하는 관객들을 배려하여 최대한 가까이~ 더 가까이 다가가는 세련된 무대 매너.

연신 인증샷을 찍고 있는데 요리에 집중하고 있는 노희섭 셰프. 여러 종류의 빵과 그리스 가지 요리 무사카를 음미하며 처음 만난 분들과의 대화가 이어지고, 요리 중간중간의 틈을 타 선사하는 노희섭 셰프만의 독

창적인 노래에 도취한다. 표고버섯 토마토소스 한우 안심 스테이크. 육즙이 살아있는 최고의 요리. 글을 쓰는 지금도 침이 꼴딱 넘어간다.

이어 전자첼리스트 채아의 화려한 무대가 펼쳐진다. 정열의 빨강 전자첼로 연주에 매료, 밝고 역동적으로 편곡된 아리랑 음률에 맞춰 흥겹게 따라 불러도 보고.

무제한 제공되는 와인에 취기가 오르면서 분위기는 점점 무르익어가고, 여기저기 화기애애한 모습들.

살아있는 전복 낙지 스파게티, 아보카도와 새우회 요리가 나와 혀를 즐겁게 한다.

우리 함께 춤출까요?

Since 2015. 4. 25.(제1회 신촌왈츠축제)

왈츠(Waltz)는 4분의 3박자의 경쾌한 춤곡을 말한다. '왈츠'는 선회하다, 즉 "한 장소에서 둘레를 빙빙 돈다"는 뜻이다.

독일 춤곡 또는 비엔나 춤곡의 한 형태에서 발전하여 19세기 들어 독자적인 음악 형태를 갖추게 된 왈츠는 칼 마리아 폰 베버의 〈무도회에의 권유〉이후 본격적으로 작곡되었다.

1819년, 베버는 〈화려한 론도〉라는 피아노곡을 작곡하여 오페라 가수인 아내 카롤리네에게 연주해 주었다. 이 곡이 바로 우리나라에서 〈무도회에의 권유〉로 알려진 곡인데, 원제(Aufforderung zum Tanze)대로 옮기면 〈춤으로의 초대〉다. 이 곡은 자유로운 론도 형식과 왈츠의 리듬을 사용한 하나의 표제음악이다. '론도'는 처음 제시된 일정한 선율 부분이 주기적으로 반복되는 기악 형식이다. 1841년, 베버의 오페라 《마탄의 사수》를 파리에서 상연할 때 무용 장면이 필요하여 베를리오즈가 화려한 오케스트라로 편곡하여 연주한 것이 오늘날까지 이어오고 있다.

이 곡의 이야기는 신사가 숙녀에게 말을 걸지만, 숙녀가 거부하는 것으로 시작된다. 그러나 신사가 거듭 말을 걸자 숙녀가 마침내 이에 응해 대화를 나눈다. 그러다가 신사가 숙녀를 무대로 이끌어 두 사람은 정열적으로 춤을 춘다. 이윽고 춤이 끝나 신사가 숙녀에게 고마운 마음을 전하며 퇴장하고, 무도회는 아쉬움을 남긴 채 끝난다.

어렸을 때부터 다리를 심하게 절었던 베버는 결혼식 무도회에서 아내와 춤을 추지 못한다. 결혼하고 2년이 지나 베버는 서글픔과 미안함 그리고 무엇보다도 사랑을 담아 작곡한 이 피아노곡을 직접 연주해 들려주는 것으로 아내 카롤리네에게 헌정한다. 카롤리네는 그런 남편의 심정을 헤아리고 감동의 눈물을 흘린다.

[제1회 신촌 왈츠 축제]

2015년 4월 25일 토요일 오후 7시, 우리는 서대문구와 파트너십으로 주말 연세로 차 없는 거리에서 제1회 신촌 왈츠 축제를 열었다.

여기에는 30인조 오케스트라, 8명의 성악가, 30명의 합창단과 10개의 전문댄스팀, 사전에 참가 신청한 일반인 커플 100쌍이 참여하여 신촌의 밤을 화려한 왈츠로 물들였다.

이날은 연세로 전체가 꽃으로 장식되어 도시의 조명과 함께 봄밤의 축제 분위기를 한껏 고조시켰다. 축제가 시작되기 전인 오후 2시부터 사람들은 전문댄스팀에게 왈츠의 기본동작과 스텝을 배우느라 분주했다.

요즘은 지자체들의 문화예술에 대한 인식도 상당히 개선되고 지자
체장을 비롯하여 담당 공무원들의 클래식에 관한 소양도 상당해서
민간 예술단과 파트너십으로 다양한 문화예술 공연이나 행사를 기
획하고 추진한다. 신촌 왈츠 축제 역시 민간 조직(인씨엠예술단)과 지
자체(서대문구)의 파트너십으로 성사된 뜻깊은 공연 기획이다. 민간
예술단의 문화예술 활동을 해당 지자체나 지역 기업 또는 공동체 조
직이 함께 한다면 더욱 알찬 축제가 될 수 있을뿐더러 전통의 역사를
쓰게 될 것이다.

[제5회 신촌 왈츠 축제]

2015년 시작한 이래 해마다 열어온 신촌 왈츠 축제가 2019년 5회째를 맞았다. 코로나 대유행이 오기 직전의 봄이다.

봄의 절정인 5월 25일, 왈츠 축제에는 인씨엠 필하모닉오케스트라, 서울천마합창단, 소프라노 마유정, 테너 이상규, 바리톤 김우진 등이 출연해 오페라 아리아와 서곡, 왈츠, 행진곡, 영화음악, 우리 민요 등 다양한 레퍼토리를 선사했다. 이어서 그날의 하이라이트인 왈츠 타임. 오케스트라 연주에 맞춰서 라 루체 국가대표 댄스팀과 일반 시민 참가자들이 신나는 왈츠 무도회를 펼쳤다.

코로나 대유행으로 2020년부터 왈츠 축제를 열지 못한 현실이 못내 아쉽긴 하지만, 2020년 늦가을에 코로나가 잠시 주춤한 틈을 타

명동 거리에서 소규모로나마 왈츠 축제를 연 것은 이 닫힘의 시간이 어서 지나고 열림의 시간이 오기를 바라는 열망의 표출이었다. 2021 년에는 아예 꼼짝하지 못하다가 올해 2022년의 왈츠 축제는 곡성 세계장미축제 자리로 옮겨 장미와 함께 꽃을 피웠다. 내년부터는 도심 거리에서도 왈츠 축제를 다시 열 수 있기를 고대한다.

[곡성 세계장미축제, 로즈 왈츠 파티]

우리는 신촌 축제에만 한정하지 않고 필요로 하는 곳이면 어디든 찾아가 왈츠 파티를 벌인다. 지난 5월 21일부터 섬진강 기차 마을에서 열린 제12회 곡성 세계장미축제에서도 장미보다 아름답고 장미 향기보다 황홀한 왈츠 파티를 벌였다.

2022년 곡성 세계장미축제의 주제가 바로 '장미 무도회'였던 것. 코로나 대유행 때문에 2년을 건너뛰어 3년 만에 열리는 축제인 만큼 관심과 열기도 한층 뜨거웠다.

개막일 하루에만 3만5,000여 명, 보름 동안 30만 명이 축제장을 찾아 그야말로 인산인해를 이루었다. 곡성군 전체 인구가 2만8,000명, 축제장이 있는 오곡면 주민이 1,800여 명에 불과하니, 이 장미 축제 하나로 온 군이 들썩거린 것이다. 축제 마당은 2만 3,000평에 이르는 국내 최대의 장미 정원이다. 축제 기간에는 1,000여 종, 수억 송이의 장미가 왈츠의 선율에 향기를 발산하며 춤을 추었다.

클래식 거리공연의 확장 개념으로 2015년에 시작된 왈츠 파티도 이제 꽤 연륜이 쌓였다. 코로나로 중단되고 주춤한 이 왈츠 파티가 이제는 거꾸로 코로나로 지친 시민들을 위로하고 일상을 회복하는 힘이 되었으면 하는 바람이다.

지난 2019년 제5회 신촌왈츠축제를 취재한 웹진 에디터의 기록이 가슴에 와 닿을뿐더러 독자 여러분에게 축제를 균형감 있게 소개하는 데 적합하지 싶어 여기 전문을 소개한다. "신촌을 사랑하고, 추억하고, 기록하는" 신촌 문화예술 웹진 《잔치》에 올라온 에디터 썬스터의 참관 후기다.

잔치@ 신촌 왈츠페스티벌

_신촌 문화예술 웹진 《잔치》 에디터, 썬스터

지난 25일 저녁, 제5회 신촌 왈츠페스티벌이 신촌 스타광장(유플렉스 빨간 잠망경 앞)에서 개최되었다. 서대문구 구청과 인씨엠예술단이 주최한 왈츠페스티벌은 인씨엠예술단 소속 오케스트라를 비롯해 성악가들의 무대와 시민들의 춤사위로 이루어진 행사로, 신촌 거리에 그 다채로움과 화려함이 수놓아졌다.

"Sollen wir tanzen?"

에디터가 유년기 대부분을 보낸 독일에서 상대에게 춤을 권할 때 쓰는 표현이다. 굉장히 로맨틱하지 않은가?

나름 유럽 토박이인 에디터에게는 여러 한국인이 그토록 갈망하는 유

럽 여행이 크게 와 닿지도, 감흥이 오지도 않았다. 그러나 최근 들어 에
디터의 마음속 깊은 곳에 앉아 있는 역마살을 자극하는 요소들이 하나
둘씩 등장하며, 저 한마디를 스스럼없이 건넬 수 있는 그 특유의 낭만
과 분위기가 그리워지기 시작했다. 한때는 집이었던 유럽이 선망의 대
상으로 보일 정도로 말이다.

때마침 신촌에 왈츠페스티벌이 열린다는 소식을 접했다. 그러나 에디
터에게 반갑기보다는 그저 그런 소식이었다. 신촌 길바닥에 유럽의
풍미라니…. 특히나 아주 웅장한 포스터를 보고서는 눈을 의심했다.
왈츠 하면 흔히 떠오르는 것이 50인조 오케스트라의 웅장한 음악 소
리와 디즈니 영화에서나 볼 법한 드레스, 그리고 4분의 3박자 특유의
엘레강스함인데 젊음과 유흥의 메카인 신촌에서 왈츠페스티벌이 열
린다니.

축제가 시작되기도 전에 왈츠의 우아함이 신촌 한복판에 들어서면 한낱 쿵짝짝의 연속으로 변질될 것 같아 걱정되었다. 신촌은 왈츠를 담아내기에는 한없이 요란한, 정신없는, 그리고 (미안하지만) 조금 지저 분한 곳으로 느껴졌기 때문이다. 굳이 기대 평을 포장하자면 '신선한 조합' 정도.

큰 기대를 하지 않고 들어선 페스티벌 현장은 예상대로 북적거렸다. 가 뜩이나 주말 저녁이 되면 분주해지는 신촌 일대인데 행사까지 진행되 니 지나갈 틈조차 나지 않았다. 에디터는 수많은 인파 사이에 고개를 쑥 내밀고 현장을 쭉 훑어보았다. 오케스트라는 굉장히 웅장하였고, 댄 서들이 춤을 추는 구역에는 레드카펫이 깔렸으며, 여기저기 굉장한 카 메라 장비들이 즐비했다.
'역시, 예상했던 대로 정말 '구청' 스러운 행사군.'

페스티벌은 1부와 2부로 이뤄졌는데, 딱히 나눌 것도 없이, 인터미션 없이 지나갔다. 1부와 2부 모두 사람들이 음악에 맞춰 춤을 출 수 있는 왈츠곡과 초청 성악가들의 솔로 무대로 이루어졌다.
왈츠 축제 행사 초반의 광경은 페스티벌의 직역인 '축제' 가 아닌 일종 의 '행사' 에 더 근접했던 것 같다. 비록 화려한 의상을 빼입고 화려하 게 꾸미고 온 듯했지만, 진행자의 멘트에도 불구하고 시민들은 레드카 펫으로 나가길 꺼리는 분위기였다. 레드카펫이 굉장한 부담감을 만드 는 데에 한몫했으리라고 생각한다. 자유롭게 나가서 춤을 출 수 있는 형식으로 꾸려진 무대이긴 했으나 제아무리 왈츠의 고수라도 신촌 일 대 한가운데에 있는 레드카펫에서 춤을 추기란 쉽지 않을 테니 말어색하던 초반의 분위기와는 달리 현장 분위기가 무르익어가면서 자리를 지키던 참가자들이 하나둘씩 일어나 무대로 올라오기 시작했다. 행사의 이름 그대로, 왈츠의 향연이 신촌 거리를 수놓은 듯한 광경이었다. 어르신부터 어린아이까지, 레드카펫은 여느 때보다 달궈진 듯하였다.

2부가 거의 끝나갈 때쯤 에디터는 댄서들이 모여 있는 행사장의 뒤편으로 갔다. 댄서들은 하나같이 모두 반짝이는 의상에 화려한 마스크를 쓰고 가벼운 담소를 나누고 있었다. 에디터는 그중 한 분이셨던 김일태 씨(인천, 내일모레 일흔)에게 조심스럽게 인터뷰를 요청해보았다. 강렬하게 반짝이는 보라색 마스크를 쓰고 계셨던 김 씨는 흔쾌히 마스크를 벗으시며 인터뷰에 응해주셨다.

Q: 안녕하세요! 간단히 자기소개 부탁드립니다.
김: 안녕하세요. 저는 내일모레 일흔인 인천에서 온 김일태라고 합니다. 제가 서대문구청에서 30여 년 공직생활을 했는데 거기서 이런 좋은 행사가 있으니까 한번 오시라고 해서 같은 동호회 회원들 30~40명이랑 같이 왔어요.

Q: 와, 멀리서 오셨네요! 왈츠는 어떻게 시작하시게 된 건가요?
김: 저는 왈츠가 건강에 좋다고 해서 배우기 시작했어요. 나이가 장년에 가까운 사람들이 취미 활동으로 이런 무용은 한 번 해볼 만해요. 정말 권하고 싶습니다.

Q: 왈츠의 매력은 뭐라고 생각하세요?

김: 제가 내일모레 일흔이 되는데도 춤을 출 때마다 활력이 생겨요. 배우면 배울수록 이보다 좋은 게 없어요. 그런데 하면 할수록 어려운 것 같긴 해요. 왈츠를 춘 지 올해로 4~5년 차에 접어들었는데, 할수록 어려워요. 그래도 배우는 과정이 즐겁습니다. 왈츠는 생각하는 여유와 그 템포에서 오는 아름다움이 있어요. 박자에 맞춰 그 심호흡을 하는 과정이 정말 중요하고 그렇게 연습하다 보니까 건강도 좋아졌지요. 저는 여든 살이 되어도 아흔 살이 되어도 춤을 출 것 같아요."

사실 왈츠는 우리의 상상과는 다소 상반된 기원을 지니고 있다. 왈츠는 원래 귀족들이 아니라 농민들의 춤이었으며, 당시에는 남녀가 서로 껴안고 원을 그리며 추는 춤이었다. 실제로 왈츠의 어원은 독일어의 'waltzen' (구르다, 돌다)에서 온 것으로 본다. 믿거나 말거나 그 행태가 몹시 선정적이어서 금지되었다는 속설이 있다. 그만큼 왈츠는 도시의 부르주아들이 즐기던 우아한 땐-스가 아닌 평민들이 즐기던 오락이었다.

페스티벌은 김 씨의 말씀대로 남녀노소 실력에 상관없이 단지 즐기면 그만이고, 함께 참가한 연인, 친구, 그 누구와도 행복한 시간을 보내면 그만인 것이다. 그 부분에서 신촌 왈츠페스티벌은 페스티벌의 의미를 꽤 잘 담아내었다. 요즘 유럽이 대세라고 어설프게 따라 한다느니, 포스터가 과하다느니 하는 생각은 '왈츠' 라는 단어에만 치중한 에디터가 신촌에서 보급형 오스트리아를 찾으려다 저지른 과오일지 모른다.

무르익어가는 분위기에 환한 웃음을 머금고 서로를 주시하며 당차게 한 걸음 한 걸음 내딛는 여러 쌍의 조화는 스타광장이라 불리는 빨잠 앞 일대를 하늘에 수놓아진 별처럼 반짝반짝 빛났고, 어느덧 현장의 '구청' 스러움도 그들의 열정에 가려 무색해졌다. 생각보다 근사한 축제(festival)였다.

앞서 언급했듯이 에디터는 유흥의 메카인 신촌과 왈츠의 조합에 의구심을 품었었다. 그러나 유흥하면 사람, 만남 그리고 관계인 만큼(은 유흥을 즐기는 에디터의 개인적인 생각일 수도 있다) 따지고 보면 유흥과 왈츠 또한 결국 타인과의 교감에서 우러나온다는 점에서 비슷한 맥락으로 이해할 수 있을 것이다. 술자리의 분위기가 서로의 대화에서 빚어지듯이 왈츠 또한 서로의 동작과 심호흡의 속도가 맞아야 완성되는 것이니.

벌써 제5회로 접어든, 어느덧 신촌의 일부가 된 왈츠페스티벌이지만 에디터는 왈츠와 신촌의 조합을 처음으로 생각해낸 자에게 '브라보' 한 마디를 건네주고 싶다.

취재 에디터: 고온, 썬스터

"뮤지컬이나 팝페라가 음악 형식이나

공연 방식에서 정형화된 클래식의 틀에서

벗어나 음악의 대중화를 겨냥한 것이라면,

거리 로(路) 자를 빌려 쓴

'로페라' 는 공연 장소에서 기존의 틀을

벗어나 아예 대중 속으로 들어간 것이다."

04

팝페라 넘어
로(路)페라로

음악의 기원

음악은 언제 어떤 계기로 생겼을까? 누가 어떤 목적을 갖고 만든 걸까? 인간이 집단을 이루고 살면서 자연히 생긴 걸까? 음악은 처음에는 한 가지였다가 점차 여러 장르로 분화된 것으로 보인다.

음악이 언제 왜 어떻게 발생했는지는 확실하지 않다. 다만, 수만 년 전쯤에 주술, 즉 귀신을 부르거나 신에게 인간의 뜻을 고하는 소리가 발달하여 음악이 되었을 것으로 추정할 따름이다.

길고 긴 선사시대를 지나 역사 시대에 와서도 음악의 사회적 기능은 원시적 종교적인 것이었다. 그림이나 문자 기록에 묘사된 다른 음악 행사들도 비슷한 역할을 했는데 군대의 사기를 북돋우거나 작업의 노고를 잊게 해주거나 극적인 상황을 고조시키거나 흥을 돋우는 데 사용된 것으로 보인다. 이후 몇 세기가 지나서야 유쾌한 음조의 즐거움 자체가 음악의 목적이 되었다.

신과 인간이 공존하는 그리스 문화에서 음악은 신들의 발명품이다. '뮤직'(음악)의 어원으로 알려진 '무사이'(Musai)는 예술과 학문을 관장하는 아홉 명의 그리스 여신 이름이다. 오르페우스 신화는 음악이 얼마나 인간의 감정을 움직일 수 있는가를 잘 보여준다. 아폴론과 디오니소스도 음악과 밀접하게 연관되어 있다. 진리와 음악의 신으로 숭배된 아폴론은 균형과 절제를 추구하는 고전파 음악의 기원을 이루고, 포도주와 춤의 신으로 숭배된 디오니소스는 감정과 도취를 추구하는 낭만파 음악의 기원을 이루며 서양 음악사의 중요한 축을 형성했다.

그리스의 철학자들도 음악에서 빼놓을 수 없다. 수적 비율에 근거한 우주의 코스모스가 소리로 구현된 것이 음악이라고 본 피타고라스, 음악을 통해 인간의 윤리성이 고양된다고 본 플라톤, 음악의 즐거움과 카타르시스를 이야기한 아리스토텔레스 등은 서양음악 미학에 커다란 영향을 미쳤다.

현대적 의미의 음악은 서양 문화에 기반을 둔다. 그 기원은 예술의 탄생까지 거슬러 올라간다.

고대인이 잔치를 벌이는 목적은 모방에 있었다. 집단으로 춤을 추고 노래를 부르는 이때의 모방은 단순히 자연물이나 타인의 행동을 모사하는 것이 아니라 그들이 느낀 감정(파토스)을 재현하고, 타인으로부터 그 감정이 전이되는 체험이다.

고대 그리스인은 디오니소스를 찬양하기 위해 함께 모여 술을 마시고 춤을 추고 노래를 불렀다. 이 디오니소스 찬양을 위한 제의를 '디티람보스' 라 하고, 춤을 추고 노래하는 행위를 가리켜 '코레이아' 라고 한다. 코레이아가 이루어지던 장소는 원형 극장인데, 이를 '오케스트라' 라고 불렀다.

오케스트라에는 춤을 추는 배우들이 옷을 갈아입는 막사가 있었는데, 이 막사를 '스케네' 라고 불렀다. 이 스케네가 점점 커져서 우리가 아는 공연 무대가 되었고, 관람자와 연주자는 이때 나뉜다. 이것이 공연 예술의 출발이다.

오페라와 팝페라 그리고 뮤지컬

성악이라고 하면 대개 성악가와 오페라를 떠올릴 것이다. 20세기 이후 유럽에서 미국으로 세계 문화 중심이 이동하면서 오페라는 뮤지컬이라는 새로운 장르에 밀리게 된다. 정통 유럽 음악 '오페라'와 브로드웨이로 대표되는 미국 음악 '뮤지컬' 가운데 아무래도 우리한테 더 친숙하게 다가오는 건 뮤지컬이다. 우리나라 공연 시장만 봐도 뮤지컬의 입장료 수입이 오페라의 30배가 넘는다. 대중성에서는 아직 비교가 안 된다. 클래식계의 변화가 그만큼 더 많이 필요하고, 클래식 음악인의 할 일이 그만큼 많다는 의미이기도 하다.

오페라와 뮤지컬의 차이는 뭘까?

오페라는 노래 전체를 극화한 것이고, 뮤지컬은 극에 노래를 삽입한 것이다. 다시 말해, 오페라는 대사 없이 전체가 완전한 성악으로 이루어지고, 뮤지컬은 대사를 바탕으로 성악이 가미된다. 뮤지컬에도 오페라처럼 '아리아' 가 있는데, 노래로 가사를 전달하는 것이다. 오페라든 뮤지컬이든 극의 절정에는 반드시 아리아가 나온다.

내용상의 차이를 보면, 오페라는 역사적 이야기나 주인공의 인생 역경을 주로 표현하는 데 비해 뮤지컬은 개인의 꿈과 사랑처럼 통속 드라마 줄거리가 많다. 또 하나의 차이라면 출연자의 성격인데, 오페라는 성악가가 주로 출연하기 때문에 '가수' 라고 부르고, 뮤지컬은 '배우' 라고 부른다. 오페라는 노래와 춤을 가수와 무용가가 나눠서 맡지만, 뮤지컬은 배우가 극과 노래 그리고 춤을 모두 맡는다.

대표적인 오페라 곡으로는 베르디의 4대 가극 《아이다》, 《리골레 토》, 《나부코》, 《라 트라비아타》를 비롯하여 모차르트의 《마술피 리》, 《피가로의 결혼》, 바그너의 《탄호이저》, 《로엔그린》, 푸치니의

《나비부인》,《라보엠》,《토스카》, 비제의《카르멘》, 베버의《마탄의 사수》등이 있다.

대표적인 뮤지컬 작품으로는《오페라의 유령》,《레미제라블》,《맘마미아》,《캣츠》,《사운드 오브 뮤직》,《지저스 크라이스트 슈퍼스타》,《미스 사이공》,《시카고》,《미녀와 야수》등이 있다.

앞에서 클래식의 변화 필요성을 잠깐 언급했는데, 산업이든 사상이든 예술이든 생명이든 세상의 모든 것은 변화를 통해 위기를 이겨내고 살아남았다. 그래서 '위기가 곧 기회' 라는 말도 나온 것이다.

오페라의 위기는 자연스레 성악가의 위기로 이어진다. 예술은 자본주의와 떼려야 뗄 수 없는 운명이다. 관객이 없으면 지속할 수 없다. 사람들이 점점 더 정통 오페라로 대표되는 클래식을 듣지 않고 팝과 뮤지컬 쪽으로 기울자 성악가들은 공연·음반계와 의기투합하여 변화를 시도했다.

세계 3대 테너로 꼽히는 루치아노 파바로티, 호세 카레라스, 플라시도 도밍고가 한 무대에 섰다. 그것 자체만으로도 엄청난 화제가 되어 클래식에 대한 인식을 바꿔놓았다. 그들은 정통 성악가였지만 오페라만을 부르는 엄숙주의에서 벗어나 이탈리아 칸초네, 크리스마스 캐럴 등 대중적인 곡을 불러 엄청난 성공을 거둠으로써 클래식의 기반을 넓혔다는 평가를 받았다. 이들 이후 대중적인 곡을 부르는 성악가와 그룹 형태의 아티스트가 대거 등장하기 시작했다.

그런 가운데 성악과 팝이 만나 '팝페라'라는 새로운 장르가 생성되어 널리 퍼짐으로써 클래식의 지평이 한층 넓어졌다. 우아한 성악의 발성과 발랄한 팝의 요소가 합쳐져 클래식과 팝의 경계에 걸친 것이 팝페라인데, 우선 우리에게 친근한 아티스트가 폴 포츠다. 이탈리아 테너로는 안드레아 보첼리가 대표적인 팝페라 가수다. 우리나라에서는 테너 임형주가 대표적인 팝페라 가수로 꼽힌다. 팝페라 가수라고 할 수는 없지만, 이미 클래식의 정상에 선 세계적인 소프라노 조수미는 드라마 '명성왕후'의 OST 〈나 가거든〉이나 2002 월드컵 주제곡 〈챔피언〉, 〈아름다운 나라〉 같은 대중적 노래를 자주 부르고, 대중가수 소향과 듀엣으로 〈꽃밭에 앉아서〉를 부르는 등 자주 크로스오버를 선보임으로써 대중에게 친근하게 다가갔다. 널리 대중의 사랑을 받는 〈10월의 어느 멋진 날에〉에나 〈향수〉 같은 곡이 정통 가곡의 전형성을 탈피한 팝페라 성격의 곡으로 클래식의 이미지를 친근하게 만든다.

세계적으로 널리 알려진 팝페라 곡 중의 하나가 〈달의 아들〉이다. 원곡보다 팝페라 가수들이 저마다 특색을 살린 편곡으로 불러 더욱 유명해진 곡이다. 원곡은 1980년대에 스페인에서 활동한 메카노의 곡이다. 〈달의 아들〉은 스페인 집시들 사이에 떠돌던 전설을 담고 있다. 한 집시가 혼자 사는 것이 너무 외로워 달의 여신에게 사랑하는 사람을 내려달라 기도했다. 소원대로 사랑하는 사람과 함께 살게 된 집시는 드디어 달의 아이를 낳았다. 하지만 아이가 자랄수록 자신을 닮지 않았다고 생각한 남편은 집시를 의심하고 질투하다가 그녀를 죽이고 아이를 산 위에 버린다. 아이가 행복할 때에는 달은 커다란 보름달이 되고, 아이가 울면 아이를 달래기 위해 초승달이 되어 아이의 요람이 되어 주었다. 메카노는 주로 이런 몽환적인 곡을 선보였다.

사라 브라이트만이 편곡해 공연한 후부터 〈달의 아들〉은 유명해졌다. 사라 브라이트만이 한 시대를 보낸 이 곡에 다시 생명을 불어 넣어준 것이다.

그 후로도 많은 팝페라 가수가 이 곡을 선정해 부르면서 세계적인 팝페라 곡이 되었다. 우리나라에서는 포레스텔라가 이 곡을 남성 4중창 버전으로 편곡하고 노랫말을 한국어로 번안하여 불러 인기를 끌었다.

팝페라를 넘어 '로페라' 로

　　　　　　2017년 6월, 거리공연이 300회를 훌쩍 넘겨 319회에 이를 무렵 KBS-TV 다큐멘터리 프로그램 '문화의 향기' 에서 거리공연과 왈츠 축제를 취재하여 방영했다. 그때 방송 제목이 〈예술, 거리로 나오다〉였다.

뮤지컬이나 팝페라가 음악 형식이나 공연 방식에서 정형화된 클래식의 틀에서 벗어나 음악의 대중화를 겨냥한 것이라면 거리 로(路) 자를 빌려 쓴 '로페라'는 공연 장소에서 기존의 틀을 벗어나 아예 대중 속으로 들어간 것이다.

쉽게 말해, 팝페라가 대중의 취향을 저격하여 오페라에 팝을 입힌 내용의 변형이라면 로페라는 오페라를 고급 취향으로 한정시키는 웅장한 극장에서 대중이 물결치는 거리로 끌고나온 것이다. 거리로 나온 데는 그만한 이유가 있다.

리포터가 물었다.

"클래식의 품격을 떨어뜨린다는 얘기까지 들어가며 왜 거리로 나오신 거예요?"

나는 늘 하던 대답을 반복하지만 거듭할 때마다 새롭다. 거리공연이 횟수를 더해갈수록 더욱 확신이 깊어지고 더욱 간절해져서 그런지도 모르겠다.

"클래식은 팔자 좋은 사람들이나 누리는 고급문화라는 인식이 너무 강한 거예요. 잘 모르기 때문이죠. 본 적이 없어서, 경험한 적이 없어서 좋은 줄도 모르고 관심도 없는 거예요. 그런데 거기다 대고 처음부터 말로만 '클래식은 좋은 거예요, 그러니 와서 보세요' 한다고 사람들 인식이 바뀌겠어요? 그런다고 와서 보겠느냐고요? 그럼 어떻게 해야 해요? 행동으로 나서야지요. 말이 아니라 몸으로 나서야지요. 무슨 일이든 선구자라면 바람 찬 광야로 나서야지요. 그 첫 출발이 힘들지만, 누군가는 해야 한다고 생각했어요. 그래서 거리로 나온 거죠. '거리의 성악가'가 되고 보니, 저도 모르는 '거성'이 된 거예요."

아마 앞으로는 한국의 거리에서 태어난 '로페라'가 오페라의 유력

한 한 장르로 세계화되지 않을까 하는 기대감도 있다.

2022년 4월, 한국소극장오페라축제에서 '로(路)페라 버스킹'이 열렸다. 오페라를 소재로 모든 장르의 표현 방식을 통해 자유롭게 꾸미는 한마당으로, 오페라에 대한 대중의 관심을 끌어내고 축제 참여의 붐을 조성하기 위한 프로그램이다.

원래는 홍대 앞, 광화문, 서울역 광장 등 다양한 장소의 거리에서 동시다발로 진행할 예정이었지만, 코로나로 인해 예술의전당 내 분

수광장에서 4월 10일과 17일, 두 차례에 걸쳐 진행되었다.

4월 17일, 최종 10개의 팀이 참가한 로(路)페라 버스킹이 열렸다. 내가 첫 순서로 공연에 나섰다. 이번 버스킹은 여러 성악가가 참가하여 오페라 아리아뿐 아니라 뮤지컬, 국악, 밴드 음악과 같은 다른 장르의 음악을 오페라에 접목하여 공연했다는 점에서 뜻깊었다.

한국소극장오페라축제는 1999년부터 시작해 국내 오페라 분야에서 최고의 역사를 자랑하는 대한민국 최초의 오페라 축제다. '오페라의 대중화'를 목표로 지난 23년간 120개 단체가 참가하여 오페라의 발전에 이바지하며, 지금까지 수많은 세계적인 성악가를 배출한 우리나라 오페라계의 산실이라 할 수 있는 행사다.

"내가 할 수 있는 가장 큰 모험은

내가 꿈꾸는 삶을 사는 것이며,

내가 좋아하는 것을 위해

싸우기를 포기할 때

나는 패배한 것이다."

나의 삶
나의 노래

[꿈]

꿈은 잠결의 무의식 속에서 일어났다가 무의식 속으로 꺼지는 하나의 환상이거나 환영이다. 현실의 일이 아니라는 속성 때문에 꿈은 그런 생물학적 의미에서 벗어나 '희망'을 상징하게 되었다. '네 꿈이 뭐냐?', '꿈 같은 일이다' 하는 말도 다 그런 맥락에서 나온 말이다.

우리 인생은 크게 두 가지로 나눌 수 있다. 꿈만 꾸다 가는 인생, 아니면 꿈꾸는 대로 살다 가는 인생. 태어나면서부터 지독한 불운과 불행에 시달렸던 방송인 오프라 윈프리는 우여곡절을 거쳐 마침내 꿈꾸는 대로 인생을 살아가는 사람으로서 의미심장한 말을 던진다.

"당신이 할 수 있는 가장 큰 모험은, 당신이 꿈꾸는 삶을 사는 것이다."

그렇다. 어쩌면 삶은 돌이킬 수 없어서 모험일 수밖에 없다. 무수하게 넘어져 본 윈프리 같은 사람은 "넘어질 때마다 뭔가를 줍는" 사람으로, 자신의 꿈에 점차 다가갔다.

20세기 가장 위대한 복서로 추앙받는 무하마드 알리 역시 극심한 인종차별의 질곡 속에서 우뚝 일어나 권투 하나로 꿈꾸는 대로 살다 간 위대한 인간이다. 1964년, 스물두 살에 헤비급 세계챔피언이 된 알리는 1967년, 9차 방어에 성공하도록 무적의 챔피언이었다. 그때 미국이 베트남 전쟁에 개입했다. 알리는 미국의 베트남 전쟁 개입에 반대하며, 인종차별에 항의하는 양심을 들어 징집을 거부하다가 체포되어 유죄선고를 받아 챔피언 타이틀까지 박탈당했다. 치열한 법정 투쟁으로 1971년에 무죄를 받아낸 알리는 이후로도 두 번이나 더 세계챔피언에 올라 끝까지 꿈꾸는 대로 살았다. 신념을 위해서는 챔피언 벨트도 내던져버리고 감옥행도 마다하지 않았던 알리 역시 꿈에 관한 인상적인 격언을 남겼다.

"당신이 좋아하는 것을 위해 싸우기를 포기할 때 당신은 패배한 것이다."

대구에서 초·중·고교 및 대학까지 나온 나는 중학교를 마칠 때까지는 공부를 제법 잘했다. 그런데 고등학교 들어가서는 학과 공부에 흥미를 잃었다. 그렇다고 딱히 좋아하는 취미나 특별히 타고난 재주가 있어서 다른 공부에 빠진 것도 아니었다. 무엇보다 장래 희망이랄까, 꿈이 없어서 천금 같은 세월을 허송했다. 자연히 성적은 바닥이었다.

고등학교 3학년이 되어서야 성악가가 되고 싶다는 바람을 어렴풋이 갖게 되었다. 나 스스로 성악에 뛰어난 소질이 있다고 여긴 것도 아니었다. 그저 어쩌다 클래식 음악이 좋아져서 다른 희망 사항이 없으니, 성악가나 지휘자가 되면 어떨까 싶었다. 그나마 음악에 젬병은 아니어서 다행이었다.

그랬으니 음대 입시를 체계적으로 준비할 계제도 아니었다. 음대 입시를 대비에서 기본 중의 기본이라는 실기 레슨도 한 번 받을 형편이 못되었다. 재능이 부족하면 그만큼 더 열심히라도 해야 하는데, 재능도 대충인 데다가 노력도 대충이었으니 합격하는 것이 오히려 이상할 지경이었다. 역시 불합격.

그리고 나니 오기가 생겼다. 재수를 할 때는 돈 많이 들어가는 것 말고 내가 할 수 있는 노력은 다했다. 그런 노력 덕분이었는지 턱걸이로나마 영남대학교 음대 성악과에 합격했다. 나에게도 마침내 구체적으로 꿈이 생겼다. 성악과에 지원하여 성악을 전공으로 삼았지만, 내심 지휘자를 꿈꾸었다.

꿈, 하니까 생각나는 우리 가곡이 있다. 김소월의 시에 김성태가 곡을 붙인 〈꿈길〉이다. 김소월은 한국어를 가장 아름답게, 가장 애처롭게, 가장 간결하게, 가장 리듬감 있게, 가장 절묘하게 구사한 독보적인 서정시인이다. 그래서인지 그의 거의 모든 시에 곡이 붙어 가곡이나 가요로 애송되고 있다. 우리나라 가곡 100곡 중 20곡이 소월의 시라니 말해 무엇하겠는가. 소월의 시 〈꿈길〉을 소개하며 독자 여러분의 꿈을 응원한다.

물구슬의 봄 새벽 아득한 길
하늘이며 들 사이에 넓은 숲
젖은 향기 붉긋한 잎 위의 길
실그물의 바람 비쳐 젖은 숲
나는 걸어가노라 이러한 길
밤저녁의 그늘진 그대의 꿈
흔들리는 다리 위 무지개 길
바람조차 가을 봄 걷히는 꿈
바람조차 가을 봄 걷히는 꿈
_김소월, 〈꿈길〉 전문

[공부]

나는 대학생이 되고 나서야 공부에 매달렸
다. 꿈이 생겼으니, 부족한 재능을 노력으로 메워보자는 심산이었다.

그런 노력의 하나로 연주 동아리를 만들었다. 열댓 명쯤 되는 단원
은 주로 성악과 피아노가 전공이었다. 노래도 연주에 속했다. 지금도
그렇지만 그때도 대학생들이 연주할 일이 별로 없었다. 그래서 무료
공연이라도 하자 싶어 부지런히 다녔다. 그러자면 후원이 필요했다.

궁리 끝에 당시 대기업이던 대구백화점을 찾아갔다. 백화점이니
서비스업이므로 상품 홍보도 홍보지만 이미지 관리도 중요했다. 그
런 일을 담당하겠다 싶은 부서를 찾아가 팀장을 만났다. 그때야 지금
처럼 기업의 사회공헌 개념이 일반화되지 않아서 당장 홍보에 별 도
움도 되지 않을 학생 동아리를 후원하리라고는 크게 기대하지도 않
았다.

그런데 선뜻 200만 원이라는 큰돈을 내주었다. 그때가 30년 전이

니, 지금 가치로는 2,000만 원쯤 되지 싶다. 전례가 없는 일이어서 학교에서도 다들 놀랐다. 아마 대학생 연주 동아리가 기업 후원을 받은 최초의 '사건' 이지 싶다. 지금 생각해도 경영진을 설득해 후원을 성사시킨 담당 직원이 존경스럽다. 아마 그가 음악을 사랑하는 사람이 아니었다면 어림도 없는 일이었을 터였다.

다른 일반 대학과는 달리 음대는 관객이 지켜보는 무대에서 해야 하는 일을 배우는 대학이다. 책상머리에서 할 수 있는 공부가 아니라는 얘기다. 특히 노래를 배우거나 악기 연주를 배우는 학생이라면 실제로 노래를 불러보고, 악기를 연주해보는 것만큼 좋은 공부는 없다. 그런데 이런 공부를 하는 궁극적인 목적은 무대에서 관객을 대상으로 공연을 하기 위해서다. 물론 학교에 연습실이 있고, 집이나 공원 어디서든 남에게 피해만 끼치지 않는다면 얼마든지 연습은 할 수 있다. 이것도 빼놓을 수 없는 중요한 공부다.

그러나 가장 좋은 공부는 실전이다. 실제로 관객을 앞에 두고 노래하고 연주하는 것이야말로 진짜 공부다. 그래서 다들 노래와 악기 연주에서는 "무대가 가장 좋은 선생" 이라고 한다. 이렇게 4년간 음대에 다니면서 엄청난 연습을 하고 공부를 하면서 실력을 갈고닦지만, 실제로 관객 앞에서 공연할 일은 그리 많지 않다. 공연이라고 하면 일정한 시설과 격식을 갖춘 실내에서 정색하고 해야 한다는 고정관념이나 체면 차림 때문에 그리될 수밖에 없다. 당시에도 대중음악은 거리공연이 흔해서 기타 하나만 있으면 사람이 모이는 어디라도 가서 노래하고 악기를 연주했다. 그러나 클래식 음악은 품위를 지키느라 그렇게 할 엄두조차 내지 못했다.

학교 다니는 중에도 이랬으니, 졸업했다고 달리 뾰족한 수가 있는 건 아니었다. 실은 졸업하고 나서는 공연할 일이 더 없다. 그러니 다음 행로가 뻔하다. 전문 성악가나 연주자의 길을 걷는 학생은 손에 꼽을 정도다. 음악과는 무관한 직장에 취직하거나 생계를 위해 다른 길을 가는 경우가 태반이다. 그나마 음악 관련 조직에 사무직으로라도 취직하면 다행이다. 그리고 대학원에 진학하거나 남학생 같으면 군대에 간다. 사실상 일시 도피하는 것이다. 그래도 외국 유학을 가는 학생은 장래성도 기대할 수 있고 여러모로 나은 편이다.

이렇게 된 데는 클래식 음악의 저변이 좁은 원인도 있지만, 시대에 뒤떨어진 교육 방식에도 문제가 있다. 특히 대학에 와서 실전 교육이 오히려 더 부족하다는 것이 문제다. 대중음악처럼 클래식도 극장만 고집하지 않고 거리로 나가면 얼마든지 공연 기회를 잡을 수 있다. 그런데 이게 (특히 학생 때나 초년생 때는) 말처럼 쉽지가 않다. 처음에는 굉장한 용기가 필요하다. 하지만 초기의 움츠러드는 고비만 넘기면 그다음은 쉽고, 갈수록 더 쉬워진다.

전문성과 전통을 손상하지 않고도 대중의 눈높이에 맞춰가는 실전적인 교육이 되면 학생들의 성취감이 높아지고 클래식 공연도 더욱 활발해질 것이다. 그러자면 음악대학 학생들의 필수교양 과목으로

'거리공연'을 채택하여 학점을 부여해야 한다. 자연히 젊은 음악가들이 거리로 쏟아져 나와 가랑비에 옷 젖듯이 도시를 클래식의 향연으로 물들일 것이다.

이야말로 일석이조, 아니 일석삼조 아닌가. 학생들은 무대에서 실전을 쌓을 수 있어 좋고, 관객들은 클래식 공연을 거리에서 공짜로 즐길 수 있어 좋고, 또 이렇게 클래식이 대중과의 접촉면을 넓혀 클래식 시장이 커지면 클래식 전문 음악가들의 설 자리가 많아지니 이보다 좋은 일이 어디 있겠는가.

이런 사정에 대한 진단과 해법은 두 전문가의 대담을 들어보면 확연히 알 수 있다.

다음은 2021년 2월에 종합 인터넷 일간지 《문화저널21》에서 탁계석 한국예술비평가회장이 바이올리니스트 김영준 서울시립대 명예교수와 인터뷰한 내용이다.

[인터뷰] 생활 클래식으로 국민 행복권을!

김영준 교수 '1인 1악기 운동' 출발

- 대담: 김영준(바이올리니스트, 서울시립대 명예교수)
- 대담 및 정리: 탁계석(한국예술비평가회장)

▶ 접근성을 높이는 것에 집중할 필요

[탁] 음악가의 진로가 매우 불투명해지고 생존마저 위협받고 있는 때여서 길을 열어주는 역할이 필요한 것 같습니다.

[김] 그렇습니다. 실력은 국제적 수준인데, 무대가 없어 생활할 환경이 매우 열악한 것이 사실입니다. 젊은 음악도들이 정신없이 바쁘고 하니까, 원로들이 좀 나서서 길을 개척해주어야 합니다. 그래서 생활 클래식(Life Classic) 운동으로 국민 모두 1인 1악기 배우기 운동을 펼칠까 합니다. 주변에 뜻을 비쳐 보니 많은 분이 호응하는 분위기여서 곧 기구를 발족할까 합니다.

[탁] 그동안에 클래식 대중화 운동이 펼쳐졌지만, 막연한 거리감은 여전히 존재하는 것 같아요.

[김] 어렵다고 느끼는 것의 핵심은 '접근성' 이 아닐까 합니다. 공연장 경험이 없는 사람들은 나와는 무관하다고 느낀다는 겁니다. 그러나 생활 속의 의자 하나, 디자인, 의상, 음식, 모든 것에 예술이 녹아 있고, 좋은 것을 보고 느끼는 감정은 똑같은 것이니까요, 알게 모르게 수준이 높아졌습니다. 아주 멋진 것을 보았을 때 '와! 이건 예술이다' 하지 않습니까? 그러므로 앞으로 공급자 위주의 방식보다 체험 중심으로 패러다임 전환이 필요합니다. '생활 클래식' 이란 브랜드를 통해 인식을 과감하게 바꿔 나가려 합니다.

[탁] 1인 1악기 운동, 스포츠에서는 생활체육이 대중화가 잘된 것 같습니다.

[김] 네, 스포츠에서 생활체육은 시군구, 읍면동까지 모세혈관처럼 잘 조직되어 있고 깊숙이 스며들어 있습니다. "국민건강을 지켜야 사회도 건강해진다"는 슬로건이 지난 수십 년의 정책으로 성공한 것 같습니다. 대한체육회가 백화점은 물론 구청에서 배우는 탁구, 배드민턴 등에 강사료를 지급하고 있어요. 우리도 벤치마킹해 일자리 창출에 나서야 합니다.

▶ 시스템 구축으로 새로운 시장을 개척할 적기

[탁] 근자에 성악은 동호인 활동이 아주 활발한데요.

[김] 일본에 갔을 때, 중소기업의 직장뿐만 아니라 경찰, 군인, 소방대, 합창, 초중등학생, 실버 등 그야말로 전 국민이 생활 음악을 하는 것을 보고 놀랐습니다. 50년 전부터 해서 이미 생활화가 정착되었어요, 사회 여러 위치에 있는 분들 상당수가 그런 경험을 해서 인식이 좋고, 그래서 예산 확보가 잘된다고 합니다. 아는 만큼 지원할 수 있으니까요. 저도 1987년 명동사거리에서 김용배 피아니스트가 반주하면서 MBC-TV 중계로 한 적이 있어요. 정말이지 우리나라 국민은 음악적 재능이 뛰어나 전공자가 아니어도 천재가 많다고 봅니다. 음악이 특별한 사람들의 전유물이 아니라 누구든 재능을 발휘할 수 있다는 인식을 넓혀가야 합니다.

[탁] 결국 시스템을 만들어 쉽게 접근할 수 있는 열린 창구가 필요하겠군요.

[김] 오스트리아 전체 인구가 800만 정도인데, 비엔나에만 소극장이

300개나 있습니다. 우리나라 큰 구 정도에도 공간이 많이 있어 주민들이 극장에서 살다시피 하는 거죠. 오페레타도 보고 와인도 한잔하고, 그야말로 멋진 생활을 합니다. 1,000만 서울에도 공간이 적지 않지만 연결 고리가 없어 쉽게 접근하지 못하니 협회를 만들어 구체화할 생각입니다.

[탁] 서울시립대에서 비전공자들을 위한 악기 체험이 있었다고 했는데요.

[김] 네, 방학 때 시립대 교수들과 비전공자들 대상의 피아노, 바이올린 등 악기 체험 특강을 만들었는데, 그야말로 폭발적인 인기를 끌었습니다. 악기를 한번 만져보고 싶다는 거였죠. 교수에게 한번 지도받는다는 것에 굉장한 기대감이 넘쳐 대학 본부에서도 깜짝 놀랐습니다. 바이올린 활을 그어서 '따~ 다~ 다~단', 운명교향곡의 첫소리를 내본 것으로도 체험의 묘미를 느꼈다는 겁니다. 축구, 탁구 같은 운동에 비하면 체험 기회가 없었던 것이니 열쇠는 접근성이란 것을 새삼 깨달았습니다.

▶ **봉사하면서 보람 느낄 때 성숙한 문화생태환경 만들어져**

[탁] 음악가들 모두가 무대에 서는 것도 아니고, 결국 생활 클래식을 통해 확대해 간다면 클래식 전반의 붐이 이뤄질 것이라니 큰 희망입니다.

[김] 그렇죠. 음악대학 나와서 무대에서 성공하는 사람은 소수입니다. 대부분 초중등학교 때부터 음악을 했으니 그 시간과 열정, 비용이 엄청난 것인데, 활용하지 못한다면 시간과 에너지, 경제적 손실은 개인을

넘어 국가적 손실이라고 봅니다. 공급과 수요의 균형을 위해 적극적인 개발을 해서 양극화를 막는 것이 선순환 생태계를 만드는 지름길입니다. 이게 공공지원에만 기대해서는 풀리지 않는 것이니까요. 탁 선생님께서도 좀 앞장 서주시면 좋겠습니다. 결국, 도시 전체가 풍악을 울려서 문화예술을 꽃피워 간다면 음악 기능이 살아나는 것 아니겠습니까. 원로들이 나서는 것에서 보람을 느낀다면 사회가 조금씩 나아지겠죠. 서초구에서도 젊은 연주가들이 실내악 페스티벌을 하고 있어요. 앞으로 코로나가 좀 안정되면 30~50명 관객의 살롱 콘서트, 패밀리 콘서트가 늘어날 것입니다. 기획과 행정의 젊은 예술가들도 길러야 합니다. 이런 것들의 컨트롤 타워 역할이 필요한 것이죠.

▶ 클래식 부활엔 사명감과 헌신의 용기가 필요

[탁] 음악을 하다 멈추면 자존감도 약해지고, 몸에 병도 생길 것 같습니다. 외국 유학에서 많은 것을 배웠으나 결혼, 육아 등으로 쉬고 있는 음악가들이 사회봉사를 한다면 아마도 40~50대 여성 주자들이 엄청나게 많을 것 같군요.

[김] 퇴직 후 활동력이 없으면 존재의 이유 탓으로 정신적 충격과 우울증을 겪는다고 합니다. 인간 수명도 늘고. 정말 잘 가르칠 수 있죠. 일본의 스키장이 있는 호텔에 갔더니 아마추어이지만 평생 스키를 탄 노인들이 체력도 한계가 있으니 애들을 가르치는 것을 보았어요. 벽에 이들 사진이 쭉 걸려 있어 자긍심도 느끼고, 보람 있는 일을 한다는 것에 만족하고 있더라고요. 친구들끼리 모여 친목하니까 너무 즐

거운 겁니다. 음악과 함께 죽을 때까지 즐기는, 신이 준 특권이 뮤지션에게 있는데, 이걸 회복해야 합니다. 정부에 앞서 민간 차원에서 시도하려는 것입니다. 나이가 들어서 봉사의 기쁨을 누린다면 최고의 가치가 아니겠어요.

[탁] 사회가 병들고 심각한 개인화로 탄력성을 잃고 있는 때에 미래 세대를 위해서 생활 클래식이 윤활유가 된다면 정말 좋겠군요. 저도 앞장서겠습니다.

[김] 뜻있는 분들이 자신의 건물에 소극장, 전시장을 짓는 등 아트 인프라가 늘고 있는 것도 반가운 일입니다. 관심을 가지고 서로 함께한다면 이 답답한 일상에서 환희의 탈출구가 되지 않을까 합니다. 인터뷰 초대에 감사합니다.

1997년, 나는 이탈리아로 음악 유학을 떠나 로마에 있는 산타체칠리아국립음악원에 입학했다.

그 무렵 국내에서 IMF 사태가 터져 유학생들을 뒷바라지하던 가장들이 대거 명퇴를 당한 데다가 환율이 거의 두 배로 뛰어 유학비 부담도 그만큼 가중되었다. 이에 유학을 포기하고 귀국하는 유학생이 많았다. 그러나 나는 어차피 처음부터 모든 것을 현지 조달할 각오로 떠난 터라 별로 영향을 받을 것도 없었다.

학비고 생활비고 스스로 벌어 써야 하는 유학 생활은 녹록지 않았다. 음식점 아르바이트에 막노동까지 했다. 그나마 영화나 드라마 엑

스트라 아르바이트는 희소가치가 있는 동양인은 특별대우여서 일당을 갑절이나 주었다. 나는 이렇게 유학비를 버느라 동분서주하는 바람에 등교 일수를 채우지 못하는 불상사를 겪었다.

우여곡절 끝에 토스카나 지방에 있는 시에나국립음악원으로 옮겨 공부했다. 일하는 것을 최소화하고 성악 공부에 집중했다. 그런 노력이 열매를 맺어 2002년에 시에나국립음악원을 수석으로 졸업할 수 있었다.

[스승]

무슨 공부든 공부를 할 때는 스승이 중요하다. 어떤 스승을 만나느냐에 따라 공부의 질이 달라지고 인생의 방향이 달라지기 때문이다.

인생에서 참스승을 만나기란 쉽지 않다. 그런 스승을 한 분이라도 만났다면 그는 행운아다. 나는 그런 스승을 두 분이나 만났으니, 행운아 중의 행운아인 셈이다.

김신환 교수님은 영남대학교 음대에 다닐 때 만난 스승이다. 당시 대학생이던 내가 아는 것보다 훨씬 대단한 분을 스승으로 만났으니 그도 내 복이다.

돌아가신 그날까지 "예술을 노래하는 영원한 현역"으로 불린 김신환 교수님은 후학을 양성하는 선생일뿐더러 생전에 1,000여 차례 무대에 서고 20여 차례 독창회를 가진 세계적인 성악가다. 그에게 노래가 뭐냐고 물으면 대답은 한결같았다.

"삶 자체지 뭐. 그 속에 고통도 있고 희열도 있어."

그는 성악계의 '국보급 존재'였다. 한국전쟁이 끝난 지 얼마 안 된 20대 중반에 프랑스로 유학을 떠나 30여 년을 해외에서 살았다. 성악가로서는 이력이 특이하다. 서울대 생물학과를 졸업하고 프랑스 소르본대학 생물학과로 유학한 지 2년 만에 성악가로 변신했다. 전공보다는 성악 공부에 매진했다. 파리예술콩쿠르에 나가 성악 전공자들을 제치고 1등을 했다. 이후 대여섯 개의 국제콩쿠르를 석권하자 스승인 샤르 판제라 파리국립고등음악대학원 교수가 대뜸 "당신은 음악가의 운명을 타고났으니 그 길을 가라"고 권유했다.

1961년 성악가로 공식 데뷔한 그는 데뷔곡으로 텔레만의 오페라 《요한수난곡》을 초연했다. 그는 꿈의 무대인 라 스칼라의 솔리스트가 되기 위해 1960년대 중반에 로마에서 밀라노로 옮겨 정착했다. 고단하고 배고픈 유학 생활이었다. 일주일에 이틀은 오페라 공부를 하고 사흘은 돈을 벌어야 했다. 1976년, 오페라 주연 오디션에 합격한 그는 이듬해 라 스칼라의 테너 솔리스트로 발탁되었다. 라 스칼라 200년 역사상 최초의 동양인 솔리스트였다.

당시 이탈리아에서는 벨 칸토 창법의 복원 운동이 벌어지고 있었다. 아름답고 자연스러운 발성으로 명확한 가사 전달을 중시하는 창법이다. 그는 벨 칸토 창법의 대가가 되었다.

1980년대 중반에 귀국한 그는 영남대 교수로 부임한 이후 한국 오페라의 국제화, 한국 가곡의 세계화에 매진했다. 그는 귀국 직후에 서울시립오페라단을 창단하여 초대 단장으로 13년을 이끌기도 했다.

그는 제자들에게 "현재는 모든 가능성이 열려 있는 시대"라며, "스스로 한국인임을 넘어 세계인으로 거듭나길 바라며, 자유로움 속에서 살길 바란다"고 당부했다. 나는 김신환 교수님의 이런 열린 사고와 진취적인 정신에 감화를 받아 이탈리아 유학을 결심했으니, 그는 나의 인생 행로를 이끈 스승이다.

2019년 향년 87세로 타계한 김신환 교수님의 애창곡은 "국화꽃 져버린 겨울 뜨락에 창 열면 하얗게 뭇 서리 내리고 나래 푸른 기러기는 북녘을 날아간다"로 시작하는 김재호 시에 이수인이 곡을 붙인 〈고향의 노래〉다. 오랜 해외 생활로 인해 고향이 무척 그리웠을 법도 하다. 저세상에서도 이 노래를 부르고 계실까.

또 한 분의 스승은 이탈리아 유학 중에 만난 움베르토 보르소 교수로, 거장의 반열에 오른 세계적인 성악가였다. 제대로 소리를 내고 싶은 성악가라면 반드시 거쳐가야 하는, 발성의 대가이기도 했다. 다른 노래도 그렇지만 특히 성악은 발성이 생명이다. 발성을 잘못 배우면 노래할 때 무척 힘들어질뿐더러 자주 목이 상한다. 나는 보르소 교수님의 혹독한 발성 훈련을 다 견뎌내고 넓은 음역의 소리를 얻었다. 몇 시간을 불러도 지치지 않는 강한 성대도 이때 얻었다. 소질이 없던 나는 훌륭한 스승으로 인해 한번 각성하자 일취월장했다. 발성 공부를 마치자 노래 부르기가 아주 편안해졌다.

바리톤이던 내가 나중에 테너까지 거뜬히 소화하여 '테리톤'으로 불리게 된 것도 이때의 발성 공부 덕분이다.

나의 스승 두 분의 얘기를 했는데, 이처럼 스승이란 지식을 가르치는 교사를 넘어 세상을 보는 안목을 틔워주고 올바른 길을 열어주는 등불과 같은 존재다. 참 스승은 학교에만 있는 게 아니다. 친구나 동료 중에 있을 수도 있고, 부모나 형제 중에 있을 수도 있다. '돌을 바로 놓는 선생님' 이야기는 참스승의 의미를 깊이 느낄 수 있어 여기 소개한다.

시골 학교에서 아이들을 가르치는 선생님이 하루는 징검다리를 건너다 잘못 놓인 돌 때문에 물에 빠져 옷이 젖고 말았다. 그는 옷을 갈아입

으려 어머니가 계신 집으로 달려갔다.

"저런, 물에 빠진 모양이로군?"

"예, 징검다리를 건너는데 잘못 놓인 돌이 있어서요."

"그래, 잘못 놓인 돌을 바로 놓고 왔는가?"

"아니요. 그것까지는…."

어머니는 우물쭈물하는 아들에게 호통을 쳤다.

"이 사람, 그러면서 무슨 선생인가? 어서 돌부터 바로 놓고 와서 옷을

갈아입게."

[도약]

      나는 성악을 전공했지만, 일찍이 지휘하고도 인연이 있었고, 내심 성악보다는 지휘에 더 소질이 있는 건 아닌가 생각하기도 했다. 사실 성악을 공부하면서도 내내 지휘자가 되고 싶다는 꿈을 가슴에 지니고 살았다.

  성악가와 지휘자 사이에 무슨 지위고하의 구분이 있는 것도 아니고, 성취 단계의 차이가 있는 것도 아니지만, 성악가의 길을 걷고 있는 나로서는 지휘자가 되는 것이 내 인생에서 의미 있는 '도약'이었다. 새롭게 도전한다는 의미에서 도약인 셈이다.

  지금은 어떤지 잘 모르겠지만, 내가 고등학교 다닐 무렵에는 대구 관내 학교마다 크리스천 학생들이 자발적으로 결성한 선교 중창단이 있었다. 해마다 대구시민회관에서 20여 고등학교 중창단이 연합 연주회를 열었는데, 내가 다녔던 경신고등학교 음악 선생님이 합창

지휘를 맡았다. 내가 음대에 들어가자 선생님이 내게 지휘를 맡겼다.

나는 그때부터 실전 지휘를 하게 된 것인데, 음악 선생님이 인정할 정도면 일찍이 지휘에 재능을 보인 모양이다. 사실 그때는 음대에 지휘과도 없어서 지휘를 터득하려면 연주회를 열심히 찾아다니면서 눈으로 보고 감각으로 익혀야 했다.

이탈리아 유학 가서는 오케스트라 지휘를 열심히 보러 다니고, 틈틈이 공부도 했다. 귀국하여 서울시립오페라단에 근무할 때는 서울시향 상임 지휘자는 물론이고 세계적인 지휘자들의 내한 공연 지휘는 거의 빼놓지 않고 눈에 담았다. 그러면서 차츰 지휘의 내공을 쌓아갔다.

2006년, 클래식 대중화를 위해 인씨엠예술단을 창립하면서 강서구 방화근린공원에 무대를 설치하고 프라임필하모니 오케스트라와 함께 '여름밤의 페스티벌'을 열었다. 나는 그때 오케스트라를 처음

지휘했다.

지휘자는 많은 단원이 내는 제각각의 소리를 하나로 조화시키고 통합시키는 역할을 맡는다. 전쟁에 나간 군대의 장수나 마찬가지다.

나는 성악가의 길을 걸으면서 지휘자까지 되려는, 인생의 도약을 꿈꿔온 것인데 도약에는 도전정신이 필요하다. 도전 없이는 새로운 성취도 도약도 없다. 그래서 도전은 늘 위험하지만, 스티븐 코비는 "가장 큰 위험은 위험이 없는 삶"이라고 했다. 다시 말해 도전 없는 삶이 도전하는 위험보다 더 위험하다는 뜻이겠다.

그래서였을까. 평생을 불가능해 보이는 일을 하는 삶을 살면서 기어이 가능하다는 것을 증명해보인 혁명가 넬슨 만델라는 이런 말을 남겨, 도약을 위한 도전을 격려했다.

"무엇이든 끝까지 해보기 전까지는 늘 불가능해 보입니다."

[인씨엠예술단]

2002년, 시에나국립음악원을 수석으로 졸업한 나는 5년의 이탈리아 유학을 마치고 돌아와 2003년, 서울시립오페라 상임 단원이 되었다. 공연 부문에는 상임 단원이 혼자라서 성악 공연 말고도 기획과 외부 전문가 섭외 등 오페라 공연에 관

한 전반의 일을 도맡아 해야 했다. 몸은 힘들었지만, 그 덕분에 전문 연주 분야 외에서도 유익하고 다양한 경험을 할 수 있었다. 그런 경험이 나중에 인씨엠예술단을 창단하여 운영하는 데 크게 도움이 되었다.

2006년, 나는 클래식 대중화를 위해 사단법인으로 인씨엠예술단을 창단하여 인가받았다. 클래식·오페라·오케스트라 비영리 공연 단체다. 2013년에는 대한민국 사람이라면 누구나 클래식을 쉽게 즐기게 하자는 포부로 거리공연을 감행했다. 러브인씨엠 거리공연 프로젝트다. 그 불가능해 보이던 프로젝트가 10년을 지속하여 이제 마침내 1,000회에 이르렀다.

내가 러브인씨엠에 관해 장황하게 늘어놓기보다는 〈워낭소리〉의 작가 양승언의 편지를 소개하는 편이 백 번은 더 나을성싶다. 2005년, 거리공연 100회를 맞아 받은 편지인데, 거리공연 1,000회를 맞아 다시 보니 감회가 새롭고 더욱 절실한 울림으로 다가온다.

세상, 노래로 이야기하다

인씨엠(INSIEM) 예술단장 바리톤 노희섭

신들린 무당이 작두를 타듯 '소리' 라는 것에도 어떤 혼이 있는 것은 아닌지. 그리고 그 '소리 혼' 에 들린 사람이 있는 것은 아닌지. 그는 벌써 몇 시간째 거리에서 노래 부르고 있다. 사람들은 저마다 바쁜 제 갈 길로 걸음을 재촉할 뿐이다. 어떤 남자가 허공을 찢어놓을 양 "네순 도르마!" 열창하든 말든. 문명의 비상만큼 도리어 점점 도시의 사람들은 왜소해지고 소외되고 있다. 어느 시인의 표현처럼 사람들 사이에 만들어진 섬. 그는 그 메마른 섬에 무언가 봄비처럼 촉촉한 생명이 움트게 하고 싶었다.

그에게 한 여인이 수줍게 다가간다. 여인은 사이다를 건넨다. 그는 여인의 손을 이끌고 무대에 세운다. 그리고 더 우렁찬 목소리로 〈아무도 잠들지 말라〉를 시작한다. 사람들이 하나둘 몰려들었고 떠나갈 듯한 박수갈채가 터진다. 여인이 고백했다.

"장사도 안되고 우울증이 심한데 약 먹고 운동해도 나아지지 않는 거예요. 처음에 혼자 노래하는 노 선생님을 보았을 때는 약간 이상한 사람인 줄 알았어요. 가정도 있고 성악가가 되기까지는 공부도 많이 했을 텐데, 거리에서 왜 저런 어처구니없는 짓을 하나 싶었던 거죠. 대중가요도 아니고 솔직히 사람들이 클래식 음악은 잘 모르잖아요.

그런데 참 이상했어요. 뜻도 모르는 외국어지만 점점 제 귀에 노랫소리가 들려오기 시작하는 거예요. 아, 이런 게 클래식이구나 싶데요. 감동적이었죠. 노래를 듣고 나니까 제 가슴속에 이상한 게 흘러내리는 느낌이 들더군요. 내 안에서 변화가 생기기 시작한 거예요. 그때부터 노 선생님이 노래 부르러 오는 날을 기다렸어요. 너무 마음이 평화롭고 이제는 잘 자고 일하는 것도 재밌어졌어요. 저 말고도 많은 사람이 노 선생님의 노래를 기다리거든요. 클래식 공연의 매력에 빠지게 된 거죠."

여인의 고백 속에 '노래로 세상을 이야기하는 노희섭'의 삶이 고스란히 담겨 있다.

노희섭, 1970년 9월 16일 대구 출생. 그는 중학교 때 교회의 성가대 모습을 보고 음악가를 동경했다. 집안 형편은 음악가의 길과는 거리가 멀었다. 진로를 결정하면서 부모님께 음대에 가고 싶다는 말을 털어놓았지만 돌아온 대답은 짐작 그 이상이었다. 그는 방황했다. 카센터 정비공도 하고 막노동도 하면서 스무 살 시절을 멍으로 시작했다.

1991년 그는 가까스로 영남대 음대 성악과에 입학한다. 이때 만난 김신환 교수로부터 체계적인 음악수업을 받고 예술 세계에 눈 뜨게 된다. 대학 시절 그는 테너를 전공했다.

1997년 12월. 그는 또 한 번 모험을 강행한다. 어떤 경제적 지원도 약속하지 못하고 열정 하나만 갖고 이탈리아 유학을 결정한 것. 이때 힘든 아르바이트와 공부를 병행하면서 음악 이전에 인생의 모든 권리와 책임은 자기에게 있다는 것을 철저히 깨달았다. 더불어 삶의 깊은 바닥을 체험하면서 음악과 예술에 대한 이해가 깊어졌다. 지도교수의 권고로 음역을 테너에서 바리톤으로 바꿨다. 이탈리아에서의 5년 동안 그는 수도자처럼 음악 공부에 매진했다. 생활 자체가 처절했던 만큼 공부에도 철저했다.

유학을 온 소기의 목적을 달성한 것도 감동적이었지만 그는 무엇보다 이곳에서 비로소 음악에 대한 근원적 성찰과 성악가로서의 미래에 대해서 깊은 번민을 하게 되었다. 훗날 그는 유학 생활에 대해 서슴없이 "나는 이탈리아 유학 가서 인생을 배웠다"고 말한다. 낯선 외국에서 눈물 젖은 빵을 먹으면서 그는 수없이 음악에 대해서 회의하고 또 회의했다. 음악은 무엇이고 나는 왜 노래 부르는가? 내가 부르는 노래는 세상에 어떤 의미가 있는 걸까? 이 아름다운 클래식 음악을 어떻게 하면 더 많은 사람에게 전달할 수 있을까?

그는 단순한 성공이나 돈이 아닌 자신이 노래를 불러야만 하는 가치와 이유를 발견하고 싶었다. 그리고 전통공예처럼 소수에 의해 계승되듯 하는 클래식 음악을 더 많은 사람과 쉽게 공유하고 싶었다. 학비를 위해 아르바이트를 해야 하는 것보다도 목이 터져라, 발성 연습을 하는 것보다 그 내적 갈등이 더 힘들었다.

옛날에 금잔디 동산에 메기 같이 앉아서 놀던 곳 / 물레방아 소리 들린다 메기야 내 희미한 옛 생각 / 동산 수풀은 없어지고 장미화만 피어 만발하였다 / 물레방아 소리 그쳤다 메기 내 사랑하는 메기야….

얼마쯤 지났을까. 어디선가 흐린 박수 소리가 들려왔다. 어둠 속에서 실루엣처럼 나타난 낯선 노인이었다. 그녀는 다가와 몇 번이나 같은 말을 되풀이했다.

"너무 좋았어요. 내 고통이 다 씻긴 거 같아요. 참 좋은 노래였어요."

그는 이날의 꿈같은 해프닝을 잊지 못한다. 어둠 속 그 낯선 노인의 출현을 자신에게 음악은 무엇이고 자신이 왜 노래해야 하는지를 일깨워준 메시아라고 믿었다. 그리고 훗날 자신은 사람들 곁으로 다가가 노래 부를 것이라고 결심했다. 우연일지라도 아름다운 노래로 인해 사람들은 감동받고 치유된다는 분명한 경험이었으니까. 어쩌면 이때 그는 운명적으로 자신의 미래를 스스로 예단하고 규정했는지도 모른다. 그는 단지 자신이 노래를 잘 부르고 유명한 성악가가 되는 것보다도 클래식이 가지고 있는 음악적 본질을 쉽고 가볍게, 더 많은 사람에게 퍼뜨려야겠다는 소명의식 같은 것을 느꼈고 씨에나 공원에서의 이 기억은 그의 뇌리 깊이 각인되었다.

2002년 12월 귀국한 그는 2003년 세종문화회관 서울시오페라단 상임 단원으로서 총무 소임까지 맡는다. 대학과 예술학교의 외래 및 겸임교수를 역임하며 소위 유학파 성악가로서 성공적인 길을 걷게 된다. 그러나 그는 안주할 수 없었다. 씨에나 공원에서의 처절했던 밤, 클래식이든 팝이든 음악이란 사람들 곁에 친숙하게 다가갈 수 있어야 한다고 믿었다.

2005년 5월 그는 마침내 '클래식 음악의 대중화' 기치를 내걸고 '인씨엠 INSIEM' 예술단을 창단한다. 이탈리아 고어 'Insiem'은 '함께'라는 뜻. 즉, 인씨엠은 세상으로 나가 모든 사람과 음악으로 함께 하겠다는 창단의 목적을 담은, 음악가 노희섭의 의지가 고스란히 담긴 이름이다. 아름다운 노래가, 오페라가, 클래식이라는 형식이, 뚜렷한 이유 없이 사람들 사이에서 멀어지고 특별한 형식처럼 오해되는 현실이 안타까웠다. 그는 가급적 기회가 닿는 대로 노래를 불러 "클래식 음악은 이렇게 아름다운 거예요"라고 세상 사람들에게 소곤거리고 싶었다.

2006년 인씨엠은 비영리 사단법인 인가를 받고 그는 서울시립오페라단 상임 단원으로서, 인씨엠 예술단장으로서 왕성한 활동을 펼친다. 그러나 시간이 흐를수록 그의 가슴속에는 견딜 수 없는 갈증이 더해 갔다. 하면 할수록 무언가 더 부족해진다는 공허함을 견디기 어려웠다. 뭇 예술가들이 그러하듯 '창작과 현실' 사이의 갈등도 있었고 무엇보다 직장 소속으로 시간적 제한을 받는 게 안타까웠기 때문이다. 그는 오래전 유학 시절부터 마음에 두었던 '음악, 클래식의 전달'에 대한, 자신이 아니면 그 누구도 할 수 없을 것 같은 깊은 소명의식을 떨칠 수 없었다.

2012년 10월 그는 주저 없이 서울시립오페라단을 떠났다. 어떤 후원 단체도 없이 인씨엠예술단을 창립할 때도 그랬지만 안정적인 현실을 버리자 주위 사람들은 염려를 넘어 비난을 퍼부었다. 처자식을 거느린 가장이 대책 없이 직장에 사표 내고 더구나 개인의 힘으로 클래식 예술단을 이끌겠다고 공표하자 미친 짓이라고 손가락질했다. 이미 예상했었고 인씨엠예술단을 이끌면서 절실하게 부딪친 문제였다. 인씨엠예술단을 창단한 뒤 그는 '인씨엠아츠페스티벌' 이라는 제목으로 찾아가는 클래식 오페라 무료 공연과 '러브인씨엠' 이라는 이름으로 클래식 거리 콘서트를 실행했다. 인씨엠 창단 후 4회의 야외공연과 오페라 무대를 꾸미면서 직면했던 문제가 경제적 여건이었다. 어떻게 아름다운 클래식 음악을 세상 사람들에게 전달할 것인가?

외롭고 힘들었던 유학 시절부터 다져온 결의였다. 웬 노파가 자신의 노래를 듣고 고통이 다 씻긴 것 같다고 했던 말을 잊을 수 없었다. 웅장한 무대가 아니어도 상관없었고 집중적으로 자신만을 바라보는 수천의 관중이 아니어도 괜찮았다. 노래, 노래할 수 있으면, 그래서 그 누군가 한 사람이라도 그 노래를 들을 수 있다면, 그것이 사람의 마음을 움직이는 아름다운 클래식 음악이라는 걸 느낄 수 있다면 하는 바람일 뿐이었다. 그는 거리로 나섰다. 때로는 최소한의 음향시설이나 마이크도 없이 사람들이 모인 곳으로 찾아가 노래를 불렀다. 사람들이 붐비는 명동거리. 한쪽에 자리를 잡고 설 수만 있는 곳이라면 그 무엇도 아랑곳하지 않고 씨에나 밤거리 공원 바닥에서 불렀던 그 아득했던 그리움의 마음으로 노래를 부르고 또 불렀다. 생각했던 것보다 사람들의 호응은 뜨겁고 열렬했다. 티켓을 끊고 공연장을 찾아갈 형편이 못 되거나 클래식 문화의 양식에 서툴렀을 뿐 사람들은 스스로 찾아온 성악가의 자발적인 노래에 큰 박수갈채를 보내줬다. 맨몸으로 뛰어든 클래식 거리공연. 그것은 선택한 길이었고 운명처럼 피할 수 없는 노희섭만의 길이라는 확신이었다.

"인생이란 길 위에 태어나서 길 위를 걷는 거야. 그 길 위를 걸으며 나는 노래 부르는 거야. 내 운명을 사랑하리라."

사람들은 조금씩 노희섭이 누구인지 인씨엠이 어떤 단체인지 클래식이 무엇인지 알기 시작했고 소리 없이 팬들이 늘어갔다.

영등포역 광장에서 노래했을 때의 일이다. 네 시간여 노래를 불렀는데 그가 노래를 부르는 내내 파지를 실은 리어카를 놓고 한 노인이 때로 박수를 보내며 공연 끝날 때까지 자리를 지켰다. 그가 공연을 마치자 노인이 다가와 천 원짜리 지폐 두 장을 쥐어주며 연신 고개를 주억거렸다. 그 구겨진 지폐에서 전달되던 결코 말과 글로 표현 못할, 어쩌면 노인이 평생 겪어왔을지 모를 삶의 모든 이야기를 담고 있는 듯한 느낌을 노희섭은 잊을 수 없었다. 그 역시 어떤 고맙다는 말도 하지 못하고 노인이 건네준 돈을 받았다. 그 돈은 아직도 노희섭의 지갑에 잘 간직되어 있다. 자신처럼 행복하게 노래를 들었던 사람을 잊지 말고 노래를 계속하라는 노인의 유언만 같아서.

그 외에도 거리공연 일화는 이루 말할 수 없다. 실력 없어서 길거리에서 원맨쇼를 하는 거 아니냐고 비난하던 사람, 시끄럽다고 장소를 이동하라고 욕지거리를 퍼붓던 상인, 오페라단 입단을 도와주겠다고 명함을 내밀었던 공무원, 사랑한다며 프러포즈를 한 여인이 있었는가 하면 상당한 금액의 돈 봉투를 두고 떠난 이도 있었다. 그는 어떤 격려와 칭찬, 비난과 욕설도 똑같은 무게의 삶의 질료로써 가슴에 담았다. 거리에 나서서 노래를 부르면서 비로소 그는 사람들의 깊은 숨결과 그 누구의 인생도 고귀하고 아름다운 것임을 깨달았다. 무엇보다 가장 큰 수확은 '클래식의 대중화'라는 목표 아래 사람들 곁으로 다가간 자신의 선택이 옳았음을 입증받은 것이었지만.

2015년. 이제 러브인씨엠 클래식 거리 콘서트는 100회를 앞두고 있다. 이는 한국 클래식 음악계에서 하나의 사건으로 기록된다. 클래식 음악에 덧씌워진 '권위와 편협성'을 탈피하여 스스로 관객을 찾아 거리로 나선 인씨엠예술단과 노희섭. 궂은 날씨는 물론 심한 경제적 어려움 속에서도 수년간 꿋꿋하게 공연을 지속해올 수 있었던 바탕은 노래는 세상과 함께여야 한다는 그의 예술적 신념과 그 순수한 아름다움에 감동해 자발적으로 정기 후원금을 내는 수백 명의 '러브인씨엠 나무 회원들' 덕분이다. '노희섭' 음악을 매개로 만난 팬들이 SNS를 통해 연결망을 구축했고 그의 공연 때면 사방각처에서 모여든다. 그들은 다만 함께 모여 인씨엠과 노희섭이 불러주는 노래를 듣고 느끼며 저마다 세상 중심에서 행복하게 살아가고 있다는 사실을 증명받곤 하는 것이다.

그는 이제 외롭지 않다. 아니, 어쩌면 세상에서 가장 행복한 사내 중 하나일지 모른다. 그는 지난 수년간 어디에서든 노래 불렀고 그가 노래

부르는 곳은 지상에서 가장 아름다운 무대가 되었다. 그동안 그가 삭막한 거리에 '노래' 라는 아름다운 꽃을 피워낸 만큼 참으로 이제는 '거리' 가 그를 위한 따뜻한 '노래' 를 선물할 때가 아닌가 한다. 열렬한 박수와 아낌없는 응원으로 말이다.

그는 오늘도 이태원 외국인 거리에서, 신촌 젊음의광장에서, 덕수궁 돌담길 앞에서 세상을 향해 아름답게 노래하고 있다.

〈워낭소리〉 작가 양승언

[몸]

나는 몸으로 연주하는 성악가다. 소리를 내는 성대는 몸이고, 성악은 그 몸인 성대를 연주하여 내는 소리다. 사람 뿐 아니라 소리를 내는 모든 동물은 몸이 악기다. 모두 몸을 연주하는 훌륭한 예술가다.

몸은 소리로만 연주되는 게 아니다. 몸짓으로도 연주되는데, 춤이나 스포츠가 그것이다. 또 하나, 몸은 몸태로도 연주된다. 몸태는 몸의 생김새를 말한다. 몸 자체의 아름다움을 연주하여 겨루는 것이 미인대회요, 피트니스 콘테스트다.

2019년 말에 시작된 코로나 대유행이 인간의 거의 모든 활동을 멈추게 하고, 거의 모든 문을 닫히게 했다. 특히 공연예술계는 직격탄을 맞아서 할 수 있는 일이 거의 없었다. 나는 그 틈을 타 몸 자체를 연주해보고 싶었다. 그리고 하는 김에 아예 대회 출전을 목표로 연주하면 더 재미날 것 같았다.

2020년 5월 9일, '2020 아시아 피트니스 콘테스트' 뷰티모델과 스포츠모델 부문에 출전한 나는 각각 3위와 4위로 입상했다. 출전자 대부분이 뷰티모델은 20대였고, 스포츠모델은 20~30대였다. 스포츠모델에 함께 출전한 개그맨 허경환, 김원효는 고령 출전자에 속한다지만 나보다 열한 살이나 젊어서 거의 띠동갑이다. 나는 유일한 50대

출전자였다. 보통은 6개월 정도 준비해서 출전한다는데 나는 기껏 2개월 남짓 준비해서 출전하여 덜컥 상위에 입상하고 만 것이다. 아들 같은 트레이너가 침이 마르도록 하는 칭찬에 나는 우쭐해지고 기분이 날아갈 듯했다. 하루 8시간씩, 68일간 비지땀을 쏟은 보람이 힘든 시절을 견디는 힘이 되어 주었다. 게다가 고혈압이던 혈압이 정상으로 돌아오고, 여러모로 몸 건강이 호전되었다. 그러자 모든 일에 자신감이 더 붙고, 나이 때문에 생기던 걱정이 사라졌다.

사실 몸은 이처럼 구체적으로 존재하는 물적 현존이지만 예술적으로는 무한한 상상의 대상이었고, 정신이나 마음과 연관해서는 철학적 논란거리가 되어왔다. 또 과학적으로는 우주만큼이나 신비한 탐구 대상이 되어왔다.

고대인은 인간의 몸을 단순히 하나의 몸으로만 한정하지 않고 우주, 자연과 결부하여 상상했다. 이집트 신화에서도 몸을 우주와 결부해 상상한 흔적을 볼 수 있다. 하늘의 여신(누트)은 편평한 땅을 위에서 에워싸고 있다. 이 여신의 몸에는 별들이 아로새겨 있는데, 매일 저녁 태양을 삼켰다가 새벽에 다시 토해내기 때문에 낮과 밤이 생긴다고 상상했다.

동아시아에서 인간의 몸은 세계라는 광대한 우주 속에서 그에 상응하는 작은 우주로 상상된다. 몸의 각 기관은 우주의 모든 것과 상응한다. 해와 달은 두 눈이며, 대지와 산은 뼈이고, 강은 혈맥이다. 이런 상상은 동아시아 사상 체계와 생활양식을 지배하는 아주 중요한 뿌리다.

"생각하는 대로 살지 않으면, 사는 대로 생각하게 된다"는 말로 유명한 프랑스의 시인이자 사상가 폴 발레리는 《신체의 미학》에서 몸에 관한 전복적 성찰을 남겼다.

먼저, 다른 무상한 것과 마찬가지로 우리 몸에 관한 지식은 전적으로 변화할 수도 있고 착각을 일으키기도 하지만, 몸은 우리가 특권적으로 소유하고 있다고 여기는 그런 대상이다. 우리는 모두 이것을 내 몸이라고 부른다. 그러나 내 몸에 고유한 이름을 부여하지는 않는다. 우리는 몸이 나에게 속해 있는 것처럼 말한다. 그러나 몸은 결코 사물이 아니다. **몸이 우리에게 속하기보다는 우리가 몸에 속해 있다.**

[가족]

나는 음악의 길로 들어선 이래 지금까지 내가 해보고 싶은 것은 거의 다 하면서 살았다. 그중 큰일은 이탈리아에서 5년간 유학한 일이었고, 제일 큰일은 인씨엠예술단을 창단하여 클래식 대중화 운동을 벌인 일이다. 마지막으로 큰일은 거리공연에 뛰어들어 1,000회까지 이어온 일이다. 그러도록 가족은 내게 이루 말할

수 없는 용기와 격려와 위로와 믿음을 보내주었다. 아내 역시 성악가로서 내 삶은 물론 음악 인생의 동반자다. 인씨엠예술단 공연 활동은 물론 100회 단위 기념 거리공연도 함께하면서 큰 힘이 되어 주었다. 딸을 둘 두었는데, 대학에서 성악을 전공하고 있는 큰아이가 가끔 공연(共演)을 통해 아빠의 기를 살려준다. 작은아이는 음악을 전공하지는 않지만, 존재만으로도 살아가는 힘이 된다.

작가 권미경은 《아랫목》에서 가족을 '가장 늦게까지 남아 나를 배웅하는 존재'로 묘사한다.

"눈물로 걷는 인생의 길목에서 가장 오래, 가장 멀리까지 배웅하는 사람은 가족이다."

그렇다. 바로 어제까지 죽을 듯 싸우고 원수 같이 지냈어도 밖에서 치이고 서러운 날에 기댈 곳은 결국 가족밖에 없다. 쉽게 잊고 살지만, 이 한 구절의 시처럼 가족이란 늘 내 곁에 그대로 있으면서 보듬어주는 소중한 존재다. 그러나 조금 더 가까이서 가족을 들여다보면 복잡미묘한 감정이 생긴다. 크고 작은 상처, 서러움, 질투, 애증 등 함께 부대끼며 지내온 시간 속에 명쾌하게 정의할 수 없는 감정들이 복받쳐 오른다.

찰리 채플린은 인생을 두고 "멀리서 보면 희극, 가까이서 보면 비극"이라고 했다. 가족이라는 공동체도 아마 그런 희비극이 미묘하게 교차하는 경계선에서 갈피를 잡기가 어렵겠지만, 결국은 이해타산을 떠난 순정으로 최후까지 동행을 포기하지 않는 존재가 아닐까.

"우리는 일함으로써

생계를 유지하지만,

나눔으로써

인생을 만들어간다."

나눔, 인생을
만들어가는 일

나눔. 이처럼 아름다운 말이 또 있을까?

알게 모르게 약탈이 횡행하고, 99개 가진 자가 100개를 채우려고 가난한 자의 1개를 빼앗는 탐욕의 세상에서 나눔은 미담 뉴스에나 갇혀 있으니, 서글프다. 나누면 더 풍요로워진다는 말은 공허한 메아리에 불과한 걸까?

하지만 가만 보면 그리 비관할 일만도 아닌성싶다. 세상은 알게 모르게 나눔의 손길이 퍼져 하나의 물결을 이루어가고 있으니 말이다. 온정. 서양은 기부 문화가 발달한 데 비해 우리는 온정 문화로 더불어 사는 세상을 지탱해오고 있다.

일찍이 예수는 '오병이어의 기적'으로 나눔의 힘을 보여주었다. 신약 〈누가복음〉 9장에 묘사된 이 장면은 다른 여러 복음서에도 등장하는 걸 보면 당시에 얼마나 널리 퍼진 이야기였는지 알 수 있다.

날이 저물어가매 열두 사도가 나아와 여쭈되, "무리를 보내어 두루 마을과 촌으로 가서 유하며 먹을 것을 얻게 하소서. 우리가 있는 여기는 빈 들입니다." 예수께서 이르시되, "너희가 먹을 것을 주라." 사도가 여쭈되, "우리에게 떡 다섯 개와 물고기 두 마리밖에 없으니 이 모든 사람을 위하여 먹을 것을 사지 아니하고서는 할 수 없사옵나이다." 이때 무리가 한 오천 명쯤 되었다. 예수께서 제자들에게 이르시되, "떼를 지어 한 오십 명씩 앉히라." 제자들이 이렇게 하여 다 앉힌 후 예수께서 떡 다섯 개와 물고기 두 마리를 가지사 하늘을 우러러 축사하시고 떼어 제자들에게 주어 무리에게 나누어 주게 하시니, 먹고 다 배불렀더라. 그 남은 조각을 열두 바구니에 거두니라.

나누고 나누면 떡 5개와 물고기 2마리로도 5,000명의 사람이 배불리 먹고도 남는다는 이 이야기는 믿음에 대한 증명이지만, 나눔의 사

랑에 대한 증명이기도 하다.

내가 16년째 이어오고 있는 인씨엠예술단 활동도, 10년간 벌여온 거리공연도 사실 나눔의 실천행이다. 나는 자본가나 기업가가 아니니 재물을 나눌 수는 없지만, 클래식 음악이라는 재능이 있으니 그 재능을 나눠온 것이다.

인씨엠예술단은 서울 방화근린공원 야외무대에서 열린 '한여름 밤의 페스티벌'에서 오케스트라의 아름다운 선율을 선사하기도 하고, 정통 오페라를 공연하기도 했다. 오페라 《카발레리아 루스티카나》 공연 때는 지역 주민들이 몰려와 엄청난 호응을 보내며 행복해했다.

시골 음악 교사 피에트로 마스카니가 조반니 베르가의 희곡을 바탕으로 작곡한 《카발레리아 루스티카나》는 '단막 오페라 현상 공모'에 출품하여 1등으로 당선된 오페라다. 이 곡은 초연된 이후 폭발적인 반향을 일으켜 마스카니는 자고 일어나보니 스타가 되어 있었다.

지금껏 삶의 보람 외에는 무슨 보답을 바라고 해온 일은 아니지만, 문화 나눔 프로젝트로 진행된 지난 2018년 봄 500회 기념 거리공연에서는 세계나눔문화총연합회로부터 '나눔문화대상'이라는 과분한 상까지 받았다. 이 역시 거리공연을 1,000회까지 이어오는 데 큰 격려가 되었다.

나의 거리공연은 기다리는 나눔이기도 하지만, 더 많게는 찾아가는 나눔이다. 전국 247개 지자체를 순회하는 거리공연이 바로 찾아

인씨엠예술단

인씨엠예술단의
클래식 문화 융성화 프로젝트
러브 인씨엠

전국 247개 지자체

2016 - 2022

러브인씨엠
릴 레 이
콘 서 트

"러브 인씨엠, 누구든 클래식을 즐기도록
관객을 만나러 거리에 나왔습니다"

가는 나눔의 실천이다.

지난 2017년 봄 장날, 여주장터에서 벌인 296회 거리공연도 전국 순회공연 프로젝트의 하나였다. 여주 오일장 오후 4시, 장이 파할 무렵 초봄의 쌀쌀한 날씨 가운데 장터에 느닷없이 오페라 가곡이 울려 퍼지자 사람들이 신기해하며 호기심으로 몰려들었다. 이날 전통재래시장에서의 클래식 공연은 신선한 문화충격이었다.

이렇게 나눔 콘서트를 진행하면서도 나는 나눔이 있는 곳이면 어디든 달려가 찬조 출연도 한다. 나눔에 너와 내가 따로일 수는 없기 때문이다.

지난 6월 8일, 한국재능기부협회와 국제로터리3650서울해피로터리클럽 공동 주최로 목동 예술인센터에서 '2022 소년 소녀가장 돕기재능나눔' 콘서트가 열렸다. 여기에 많은 문화예술인이 재능 나눔에 나섰다.

사회를 본 코미디언이자 뮤지컬 배우 홍록기를 비롯하여 가수 진성, 진미령, 임주리, 임수정, 박정식, 구재영, 신승태, 최향, 한강, 정다경, 015B 이장우 등이 저마다 자신의 대표곡을 선사했다. 국악의 양슬기, 벨리댄스의 아이비프로공연단도 나눔을 보태 흥을 더했다. 나는 여기에 오페라 가수로 참여하여 클래식을 나눴다.

이 재능 나눔 콘서트는 이번이 48회째로, 일과성 행사가 아니라 꾸준히 지속해온 나눔 운동이다. 여기에는 많은 기업이 후원금을 기부하여 나눔의 의미를 더욱 빛내오고 있다. 한국재능기부협회

최세규 이사장이 인사말을 통해 전한 재능 나눔의 의미가 봄꽃처럼 아름답다.

"재능기부는 아름다운 꽃입니다. 꽃이 모이면 꽃밭이 되고, 재능이 모이면 행복한 세상이 옵니다."

한국재능기부협회는 재능기부를 통한 사회 소외계층 지원을 위해 설립된 단체이다. 장애인 부부 무료결혼식, 군부대와 교도소 위문 공연, 다문화가정 지원이나 소년 소녀 가장돕기 콘서트, 연탄 나눔, 예비창업자를 위한 창업포럼, 무료 이사와 농촌 봉사활동 등 다양한 사회공헌 활동을 이어오고 있다.

나는 윈스턴 처칠이 영국의 총리로서 2차 세계대전을 승리로 이끈 영웅이라는 것밖에 모르지만, 뜻밖에도 그의 나눔에 관한 짧은 한마디가 가슴에 와 박혀 떠나지를 않는다.

"우리는 일함으로써 생계를 유지하지만, 나눔으로써 인생을 만들어간다."

지금 나는 인생을 만들어가는 중이다.

"창의 경영의 출발점은 예술이다.

시와 음악, 미술, 공연 같은 예술은

세상을 다르게 볼 수 있는

실마리를 준다.

여기서 창의력이 샘솟는다."

클래식,
경영을 연주하다

클래식, 경영의 미래

나는 인씨엠예술단을 창단하여 경영하면서 비로소 경영에 눈뜨게 되었는데, 그 원천이 바로 클래식 음악이다. 구체적으로 오케스트라에는 경영의 모든 요소가 응축되어 있다. 오케스트라 전체가 바로 경영의 집합체이기도 하지만, 특히 오케스트라 지휘자는 경영의 마법사라고 할 수 있다. 바로 그 지휘자가 지녀야 할 미덕이 현대 기업의 경영자가 지녀야 할 미덕이기도 하기 때문이다. 그런 클래식이 미치는 영향력은 기업 경영에만 국한하지 않는다. 혁신, 창의, 융합이 주도하는 현대사회는 기업이나 조직, 나아가 국가 경영까지도 예술적 감성의 융합을 요구하고 있다. 예술적 체험은 창의를 끌어내고 자발적 혁신을 만들어내기 때문이다.

기업 경영은 경쟁의 연속이라고 하지만, 싸워서 이기는 전투만 잘한다고 성공하는 것이 아니다. 기업이 오래 건재하려면 안팎으로 사람 마음을 사로잡아야 한다. 요즘 흔히들 말하는 '예술경영'이다.

산업사회가 지성의 시대라면 앞으로 문화의 세기는 감성의 시대다. 이젠 감동 없이는 기업활동도 영위하기 어렵다. 좋은 기술이나 거미줄 같은 영업망도 중요하지만, 심금을 울리는 감동 없이는 직원이나 고객의 마음을 움직일 수 없다. 고객의 마음을 움직이는 건 감동이다. 즉, '감성경영' 이야말로 창조경영의 다른 이름이다.

기업 경영은 열정만으로 이루지는 게 아니다. 조직원의 감성을 자극해서 자발적인 동기를 끌어내야 한다. 이런 의미에서 수많은 악기 소리를 조화시켜 아름다운 화음을 이뤄내는 마에스트로 리더십은 창조경영의 본보기가 될 만하다.

오늘날 경영의 위기를 말한다. 기존의 경영 방식이나 마음가짐으로는 급변하는 경영 환경에 대처할 수 없게 되었다. 그리하여 수많은 새로운 경영 이론이 등장하여 백화제방을 이루었다. 어떤 이론이든 나름의 장점은 있겠지만, 모든 것을 해결하는 만능 이론은 없다. 정작 중요한 것은 이론 자체보다도 그 이론을 적용하고 실제로 운용하는 능력이다.

미래학자 롤프 옌센은 GDP(1인당 국내총생산)가 1만5,000달러가 넘어가면 그 사회는 기능이나 기술보다는 꿈과 감성을 추구하는 사회, 즉 '드림 소사이어티' 가 된다고 갈파했다.

드림 소사이어티에서는 합리적 이성보다는 예술적 감성이 사람의 마음을 움직인다. 그래서 특히 기업 경영자의 문화예술을 향한 관심이 날로 높아지고 있다. 시간을 분초 단위로 쪼개써야 할 만큼 바쁜 기업 경영자가 임직원의 사기를 높이기 위해 문화예술 공연을 함께 보고, 또 회사 차원에서 적극적으로 권장하는 것도 드림 소사이어티에서 기업 경영의 미래가 어디에 있는지 잘 알기 때문이다.

클래식이 미치는 긍정적인 영향은 오늘날 기업 경영에서 시작된 것이 아니다. 벌써 오래전부터 우리 일상에서 알게 모르게 많은 영향을 끼쳐오고 있었다. 어느 시인의 아버지를 회고하는 글(《우리 얼마나 함께》, 달, 2013)에서도 그것을 확인할 수 있다.

중학생 때 방 한 칸에서 다섯 식구가 모여 살아야 했던 가난한 피난 시절, 아동 문학가였던 아버지가 원고료가 갑자기 많이 생겼다며 한턱내시겠다고 했다. 그야말로 찢어지게 가난했던 시절이었으므로 맛있는 음식을 사주실까 하는 기대로 마음이 들떴지만, 아버지는 어른들만 드나드는 다방으로 나를 데리고 갔다. 그곳은 슈베르트나 쇼팽과 같은 클래식 음악만 틀어주는 음악감상실이었고, 그곳에서 아버지는 내게 평생 잊을 수 없는 음악의 성찬을 선물했다.

시인은 그때 아버지 덕분에 들었던 슈베르트의 미완성 교향곡이나 쇼팽의 피아노곡의 감미로운 선율을 칠순을 넘긴 지금도 황홀한 기억으로 간직하고 있다. 지금껏 뛰어난 감성 시를 써온 바탕도 다 그런 클래식의 영향이 컸다. 시 〈바람의 말〉로 유명한 의사 시인 마종기의 이야기다. 우리가 모두 떠난 뒤 "내 영혼이 당신 옆을 스치면 설마라도 봄 나뭇가지 흔드는 바람이라고 생각지는 마. 나 오늘 그대 알았던 땅 그림자 한 모서리에 꽃나무 하나 심어놓으려니 그 나무 자라서 꽃 피우면 우리가 알아서 얻은 모든 괴로움이 꽃잎 되어서 날아가 버릴 거야…"로 이어지는 그의 시(〈바람의 말〉 앞부분)에서는 클래식의 향기가 물씬하다.

클래식은 하늘의 별만큼이나 많은 대중음악 가운데 세월의 무게를 견디고 살아남은 얼마 안 되는 음악이다. 그런 만큼 클래식은 오랜 세월에 숙성된 음악이다. 먹어도 먹어도 질리지 않는, 숙성된 향기 그윽한 묵은김치나 된장 같은 음악이다.

당대의 인기를 누린 수많은 음악 가운데 세월 따라 잊혀가는 유행가가 아니라 아무리 세월이 가도 대중의 사랑이 식지 않는 불변의 힘을 지닌 음악이어서 클래식의 가치는 더욱 빛난다. 혹자는 클래식을 일부 특수 계층의 음악, 대중화될 수 없도록 너무 고급스러운 음악으로 치부하면서 선을 긋지만, 그것은 클래식의 진면모를 알지 못한 데서 비롯한 오해고 편견이다.

우리가 조금만 귀 기울여 들어보면 사방에서 들려오는 신호음, 안내방송, 광고 음악, 효과음 같은 소리에 클래식 음악이 흐르고 있다는 걸 알 수 있다.

클래식, 경영에 감동을 입히다

세계적인 택시 회사로 알려진 일본의 MK
택시는 다양한 특별 서비스로 고객의 만족을 극대화한다. 그 덕분에
탑승률이 경쟁사들의 2배가 넘는다. 그중에서도 특히 눈길을 끄는
서비스는 음악 서비스다. 택시에는 거의 모든 장르의 음악이 있어서
손님이 원하는 음악을 거의 모두 들려줄 수 있다. 그래서 MK택시에
는 늘 클래식의 선율이 흐른다.

우리나라에서는 금호렌터카가 뮤직 마케팅으로 고객의 마음을 사
로잡았다. 전국의 금호렌터카 모든 영업소에는 아침부터 클래식 선
율이 봄 강의 안개처럼 흐른다. 고객은 영업소에 들어서는 순간 그
감미로운 선율에 감전되고 만다. 이제 그 고객에게 금호렌터카 영업
소는 차를 렌트하는 곳 이상의 의미를 지니게 된다. 감성경영이 충성
고객을 낳는다.

이처럼 음악은 어떤 명연설이나 기발한 마케팅 전략보다 훨씬 더

진한 감동과 울림을 준다. 말이나 홍보전략은 일방적으로 청중이나 고객을 향해 날아가는 화살과 같은 것이지만, 음악은 하늘에서 쏟아지는 비나 사방에서 불어오는 바람처럼 모든 사람을 적셔서, 그러니까 전체적으로 퍼져서 공감을 이루기 때문이다.

현대의 기업 경영이나 리더십에서 중요한 것은 일방의 전달 대신 쌍방의 소통이다. 그 소통을 이루려면 인간 본연의 예술적 감성을 충족하는 감동이 필요하다.

우리 사회에는 수많은 이해집단 간의 갈등이 일어나고, 기업에서도 노사 간의 갈등이 분쟁으로 비화한다. 그런 이면에는 경영자의 부당행위도 적지 않지만, 경영자와 노동자 간에 쌓인 오해와 불신으로 빚어지는 분쟁도 많다. 이럴 때 노동자들의 파업이나 농성 현장에 구사대나 공권력을 동원하여 폭력을 행사하는 대신 농성에 지친 노동자들을 위로하고 경영자의 소통과 대화 의지를 전하는 음악을 들려주면 어떤 일이 일어날까.

해본 적이 없으니 어떤 경영자도 당장 답을 못하겠지만, 감동경영은 바로 이런 예술적 상상력에서 시작된다.

"모든 예술은 음악의 상태를 동경한다."

쇼펜하우어가 한 이 말은 음악은 인간 본연의 감성에 근거를 둔다는 뜻이다. 사람의 마음을 움직이는 특별한 힘을 지닌 음악은 우리를 울리기도 하고 웃기기도 한다.

이렇듯 음악뿐 아니라 예술이 지닌 근본 속성은 감동이다. 그중에서도 클래식 음악은 큰 감동을 오래도록 선사한다. 그만큼 여운이 오래간다는 얘기다.

기업 경영의 관점으로 보면, 감동은 창의력으로 이어진다. 당장은 수지타산으로 손해를 보는 것 같아도 경영에 음악의 감동을 입히는 작업을 계속하다 보면 얼마 후에는 헤아릴 수 없을 정도의 엄청난 이익으로 돌아오는 것을 확인해주는 경영 사례가 갈수록 늘어나고 있다.

애플을 그저 제품을 만드는 기업이 아니라 예술품을 만드는 기업으로 이끈 스티브 잡스가 대표적인 사례다. 그는 첨단기술에 예술적 창의력을 입힌, 보기 드문 경영자로서 클래식 음악을 지휘하는 예술 감독과도 같았다. 잡스의 이런 창의력 역시 예술에 바탕을 둔다.

"생각이 막힐 때 시를 읽으면 아이디어가 샘솟는다."

그는 평소에 영국의 낭만주의 시인이자 화가인 윌리엄 블레이크의 시를 애송했다고 한다. 블레이크의 시 〈한 알의 모래〉("한 알의 모래에서 세상을 보고 한 송이 들꽃에서 천국을 보라. 그대 손바닥 안에 무한을 쥐고 한순간 속에 영원을 담아라")는 우리나라에도 널리 알려져 있는데, 짧지만 강렬한 여운을 남긴다.

잡스만큼이나 괴짜인 데다 기발하고 창의적인 경영자로 알려진 리처드 브랜슨은 《내가 상상하면 현실이 된다》라는 저서로도 유명하다. 조그마한 레코드 가게에서 시작해 세계적인 기업 버진그룹을 일군 그는 프로 수준의 기타 연주 솜씨를 자랑하는 음악인이기도 하다.

그는 비즈니스의 본질을 예술적 감각으로 통찰한다.

"비즈니스는 본질상 격식이나 승부, 또는 총결산이나 이익, 거래, 장사 등 이른바 경영서에서 주장하는 것이 아니다. 비즈니스란 사람의 관심을 사로잡는 일이다."

다시 말해, 관심을 끌려면 감동이 필요하고, 감동은 곧 예술적 창의력에서 나온다는 얘기다. 앞에서 언급한 롤프 옌센은 《드림 소사이어티》(리드리드출판, 2005)에서 "미래의 기업은 소비자에게 감성적 경험을 제공함으로써 가치를 창출한다"고 예언하면서 외쳤다.

"차가운 머리 못지않게 따뜻한 가슴이 중요한 시대다."

그는 또 "노동은 얼마든지 기계와 컴퓨터로 대체할 수 있지만, 오직 상상력만은 인간의 능력으로 남을 것"이라고도 했다. 바로 인간 상상력의 총화가 예술이다. 그중에서도 상상력의 압권을 이루는 음악은 다른 모든 예술의 발원지이기도 하다.

해마다 경영에서 괄목할 혁신을 이룬 경영자를 대상으로 창조경영 대상을 수여한다. 다들 '경영을 예술처럼, 예술을 경영처럼' 해온 창의 경영의 대가들이지만, 하나같이 클래식 마니아들이기도 하다. 그 창의력의 원천이 클래식 음악임을 보여준다.

창의 경영의 대가이자 생리학자(미시간주립대 교수)로 《생각의 탄생》을 저술한 로버트 루트번스타인이 갈파한 예술과 경영의 관계는 음미할 만하다.

"창의 경영의 출발점은 예술이다. 시와 음악, 미술, 공연 같은 예술은 세상을 다르게 볼 수 있는 실마리를 준다. 여기서 창의력이 샘솟는다."

클래식을 통한 창의 경영은 어떤 조직에서든 기대 이상의 엄청난 효과를 발휘한다. 우리 축구 국가대표팀 사례에서도 확인할 수 있다.

좀 지난 얘기지만, 2010년에 열린 동아시아 축구선수권 대회에서 허정무 감독이 이끄는 한국 대표팀은 한 수 아래로 평가되던 중국 대표팀에게 0대 3으로 참패를 당했다. 30여 년 만에 겪는 패배를 넘어 전례 없는 참패로, '사건'이 터진 것이다. 우리 대표팀은 한일전을 며칠 앞두고 초상집 분위기에 빠지고 말았다.

허정무 감독은 분위기 반전을 위해 어떻게 할 것인가, 고민에 빠져 잠을 설쳤다. 실전 훈련 강도를 높여 정신이 번쩍 들게 할 것인가? 아니면 정신교육으로 애국심을 고취할 것인가? 그도 아니면 스스로 극복하도록 내버려둘 것인가? 그런데 허정무 감독은 이도 저도 아닌 엉뚱한 약을 썼다. 바로 클래식 음악이라는 약이다.

예정된 훈련을 모두 취소한 허 감독은 선수단 전원을 한 자리에 모았다. 그리고는 뛰어난 피아노 연주 실력을 지닌 스태프(장비 담당)에게 부탁해 피아노 연주를 들려주도록 했다. 이 스태프는 베토벤의 피아노 독주곡 〈엘리제를 위하여〉를 연주했다. 허 감독은 눈을 감고 피아노 연주를 들으면서 지난 일은 다 잊자며 선수들을 다독였다. 과연 며칠 후 우리 대표팀은 일본 대표팀을 3대 1로 완파했다.

진정한 클래식의 힘을 확실하게 보여준 사례다. 지난 실수와 잘못을 깨끗이 잊고 새로운 에너지를 끄집어내는 힘이야말로 클래식의 매력이다.

우리나라 대표적인 기업 경영자 400여 명을 대상으로 한 설문조사에서 의미 있는 답변이 나왔다. "CEO의 예술적 감각이 경영에 도움이 된다"는 응답이 96%였으며, "인재를 채용할 때 예술적 감각이 있는 사람을 선호한다"는 응답이 86%였다. 예술적 감각을 갖춘 사람은 남들이 보지 못하는 것을 찾아내는 섬세함과 서로 다른 분야를 융합해내는 유연한 사고력을 갖고 있기 때문이라는 것이다.

음악, 세상을 바꾸다

"음악이라는 도구 안에는 지역과 사람, 사회를 바꾸는 힘이 있고 그 힘이 모든 연주자의 손에 있습니다. 어린 연주자들은 음악이 만들어내는 변화의 힘을 경험하게 됩니다."

베네수엘라 출신의 세계적 지휘자 구스타보 두다멜이 음악의 역할에 대해 밝힌 철학이다. 두다멜은 베네수엘라의 무상 음악교육 프로그램 '엘 시스테마'가 배출한 스타 지휘자다. 그런 두다멜이 2018년부터 매년 추진해온 '엔쿠엔트로스'는 음악을 통해 더 나은 세상을 만들고자 하는 젊은 세대에게 영감을 주는 것을 목표로 미국에서 2주간 진행하는 오케스트라 교육 프로그램이다.

현재 청소년 오케스트라, 음악센터, 음악 워크숍의 연합으로, 25만 명 이상의 청소년이 악기를 배우고 있는 엘 시스테마의 영향력은 대단하다. 11명의 빈민가 아이들이 모여 연주를 시작한 이후, 차고에서 열렸던 음악 교실은 수십 년이 지나면서 베네수엘라 전역으로 확대

되었다. 엘 시스테마는 클라우디오 아바도가 차세대 최고의 지휘자로 지목하여 화제가 된 구스타보 두다멜과 17세 때 역대 최연소 베를린 필하모닉 단원이 된 에딕슨 루이즈 등 유럽에서 촉망받는 음악가를 배출했다.

엘 시스테마의 성과물 중 하나는 시몬 볼리바르 청소년 관현악단이다. 이 오케스트라는 2007년 카네기 홀에서 두다멜의 지휘로 데뷔했다. 2008년 폴 슈마츠니와 마리아 슈토트마이어가 엘 시스테마를 다룬 다큐멘터리를 제작하기도 했다. 2009년 엘 시스테마와 호세 안토니오 아브레우는 폴라음악상을 받았다. 엘 시스테마의 창시자 호세 안토니오 아브레우는 2010년 서울평화상을 받았다.

두다멜은 "음악은 전문 지식이나 기교를 넘어 모든 인간의 기본권이자 아름다움과 성찰, 협력, 조화로 나아가는 수단"이라며, "음악과 예술, 문화가 가진 강력한 힘은 무엇보다 아이들과 다음 세대에 매우 중요하다"고 설파했다. 또 합창단이나 오케스트라는 함께 연주하면서 더 나은 시민, 더 나은 공동체가 되는 데 큰 역할을 한다고 강조했다. 그리고 어떤 장벽이나 장애물 없이 하나의 정체성 아래 모이는 오케스트라는 상호작용·존중·경청이 필요하고 이는 지도자나 리더십에도 필요한 것이라고 했다.

2005년, 국내에서 개봉된 프랑스 영화 〈코러스〉(크리스토퍼 파라티에 감독)는 음악의 힘을 극명하게 보여준다.

고아와 문제아만 있는 기숙학교에 새로운 음악 선생님 클레망 마티유가 부임한다. 처음엔 마티유의 악보를 훔치는 등 아이들의 심한 장난에 당황하지만, 교장 선생님처럼 체벌로 다스리는 대신 합창단을 통해 그들을 조금씩 변화시켜 나간다. 그중 천사의 얼굴을 하고 있지만 악마의 행동을 하던 모항주의 노래 재능을 발견하고 그를 가르쳐주며 모항주의 마음을 열고 그를 변화시킨다. 그리고 모항주는 커서 정말 유명한 음악가가 된다.

이런 일은 영화 속에서만 일어날 것 같지만, 실제 현실에서도 일어나고 있다. 앞에서 말한 베네수엘라 청소년 예술 교육 시스템 '엘 시스테마' 이다.

존재하는 것조차도 그렇지만, 어떤 일이 혼자 애쓴다고 저절로 이루어지는 법은 없습니다. 알게 모르게 다른 사람의 도움과 신의 가호가 함께하기 때문에 이루어지지 않겠어요. 잠깐의 작은 일도 그러할진대 10년 세월에 걸친 1,000번의 거리공연이야 말해 무엇하겠습니까.

하나님께야 일상에 늘 감사하며 살아왔으니 이번 일에 감사하는 것이 새삼스럽지만, 맨 먼저 가족에게 감사하지 않을 수 없습니다. 가장이 무슨 '운동' 한다고 하면 현실적인 고통과 희생은 가족이 고스란히 견뎌야 하기 때문이지요. 가족의 도움과 사랑이 없었다면 애초에 불가능한 일이었습니다. 아내와 두 딸에게 진심으로 고마운 마음을 전합니다.

그리고 예수가 그리스도 되신 참 복음을 알게 하신 예원교회 정은주 목사님께 감사합니다. 돌아가신 아버지도 새삼 그립고, 새벽마다 나를 위해 눈물로 기도해오신 어머니께야 감사하는 마음을 어찌 말로 다 표현할 수 있겠어요.

특히, 코로나 재난을 맞아 예술단이 위기에 빠졌을 때 수년간이나 거리공연을 지속할 수 있도록 후원해주신 위드팜 박정관 회장님께 감사의 말씀을 드립니다. 더불어, 묵묵히 러브인씨엠을 후원해오신 후원회원 여러분께도 감사 인사를 빼놓을 수 없지요.

결국, 이 모든 것은 즐겁게 들어주고 응원하는 관객이 있기에 의미 있지 않겠어요. 헤아릴 수 없는 관객 여러분의 사랑과 응원에 감사합니다.

끝으로, 이 길고 고단한 여정을 기쁘게 함께해준 여러 동료 예술가 여러분께 머리 숙여 감사합니다.

노희섭
2017년 12월 18일 오후 4:06 · 26 읽음

길거리공연 1,000회를 향하여~~~
429회 명동
간밤에 내린 엄청난 눈 덕분인지 날씨가 따뜻해진 느낌이다
나도 이제 명동의 상인들처럼 내자리가 생긴걸까? 공연하는 자리에 눈이 쌓여있어
끝채로 눈을 치우고 젖은 땅에서 공연을 했다
눈이녹아 땅이 지저분해서 공연을 망설였는데 엄청난 관객이 맞아줄줄이야~~
행복한 한주간 되시고

내일은 5시에 신촌에서 뵐께요~~

길거리공연 1,000회를 향하여~~~
657회 명동
2013년 7월 19일 명동에서 처음 거리공연을 시작할때만 해도 이렇게 많은 공연을 할 거라곤 상상도 못했다
과연 내가 100회는 할 수 있을까하며 100회를 목표로 도전했다
덥고 춥고 창피하고 주위시선도 사서 고생하느냐는 눈치가 많았다
거리공연을 시작한 지 얼마안되었을 때 2013년 8월30일 영등포역전에서 공연 때 한 노숙자분이 4시간을 관람(지금은 1시간30분 공연하지만 초창기에는 4시간 공연)하시고 사는게 힘들고 죽고싶고 미래도 없이 사는데 오늘 이 음악을 듣고 살아있음에 감사하고 힐링하게 해 주셔서 감사하다고 하루종일 박스판 돈 2,000원을 후원금으로 주시면서 앞으로 계속 아름다운 음악을 들려달라고 하셨다
그 때 난 스스로 내가 왜 이 일을 해야하는지 발견하고 더 큰 비전을 보고 100회가 아니라 1000회 이상을 위해 더 많은 분들에게 힐링과 아름다운 나눔을 음악으로 전해 야겠다는 생각을 했다
오늘 한 노숙자분이 처음에 주먹다짐을 하며 노래하는 바로앞에 와서 시비를 거는데 아랑곳하지 않고 노래만 했다
혼자서 계속 그러던 중 4~5곡을 듣더니 갑자기 목소리에 매료됐다고 하면서 그리운 금강산을 불러달라고 한다. 아무말없이 불렀더니 눈물을 흘린다
눈물을 흘리며 그분의 인생역사를 느낄 수 있었다
점심인지 저녁인지 챙겨놓은 햄버거를 주신다
아마도 그분에겐 아주 소중한 것이었기에 영등포에서의 2,000원과 오버랩 되었다
오늘은 다른 관객들은 눈에 안들어오고 이분밖에 안보인다
동백아가씨 신청곡을 못불러드려 아쉽다
노래방기기도 가지고 다녀야하나?
오늘 나는 이 노숙자분을 통해 엄청난 에너지를 받았다
모든 것에 감사가 절로나온다
노숙생활을 끝내고 행복하시길 기도합니다

657회 명동 노희섭(Noh HeeSub) 거리공연 — 강건너 봄이 오두

https://youtu.be/d-NiXkjb58s

657회 명동 노희섭(Noh HeeSub) 거리공연 — You raise me up

19 01 14

214

길거리공연 1,000회를 향하여~~~
697회 명동, 698회 신촌
월요일 중국출장으로 어제는 비가와서 공연을 못해서 오늘은 명동과 신촌에서 조금
비가 내렸지만 강행 했습니다
때아닌 쌀쌀한 날씨에 감기걸린분들도 많던데 건강 챙기세요
내일은 신촌에서 700회 공연 전 마지막 699회 공연이 있습니다
행복한 저녁되세요

거리공연 1,000회를 향하여~~~
880회 신촌 창천문화공원
지난 달 17일 이후 근 한달만에 다시 거리로 나왔다
사회적거리의 조금 완화로 약간은 걱정스러운 마음으로 나왔지만 걱정은 잠시 낮12시 이른 시간 한산한 신촌 거리였지만 금새 사람들이 노래소리에 모여들었다
참으로 답답하고 참담한 현실에 음악이라도 좀 울려퍼져야 하지 않을까?
목요일 12시 명동입니다

https://youtu.be/AU1gilbHKnl

노희섭
2021년 2월 8일 오후 4:38 · 16 읽음

https://youtu.be/PTB15tmlcuY

거성노희섭 성악 거리공연 실시간! 907회 명동

www.youtube.com

거리공연 1,000회를 향하여~~~
907회 명동
갑자기 추워진 날씨에 사람들의 발걸음도 빨라지고 안그래도 한산한 명동거리가 더
한산합니다
그래도 잠시 발걸음을 멈추고 음악을 듣고 가시는 분들이 있어 훈훈함을 느낍니다
매주 월요일 12시부터 유투브 라이브 실시간 방송합니다
많이 시청해 주세요

당신이 생각한 마음까지도 담아 내겠습니다!!

책은 특별한 사람만이 쓰고 만들어 내는 것이 아닙니다.
원하는 책은 기획에서 원고 작성, 편집은 물론,
표지 디자인까지 전문가의 손길을 거쳐
완벽하게 만들어 드립니다.
마음 가득 책 한 권 만드는 일이 꿈이었다면
그 꿈에 과감히 도전하십시오!

업무에 필요한 성공적인 비즈니스뿐만 아니라 성공적인 사업을 하기 위한
자기계발, 동기부여, 자서전적인 책까지도 함께 기획하여 만들어 드립니다.
함께 길을 만들어 성공적인 삶을 한 걸음 앞당기십시오!

도서출판 모아북스에서는 책 만드는 일에 대한 고민을 해결해 드립니다!

모아북스에서 책을 만들면 아주 좋은 점이란?

1. 전국 서점과 인터넷 서점을 동시에 직거래하기 때문에 책이 출간되자마자 온라인, 오프라인 상에 책이 동시에 배포되며 수십 년 노하우를 지닌 전문적인 영업마케팅 담당자에 의해 판매부수가 늘고 책이 판매되는 만큼의 저자에게 인세를 지급해 드립니다.

2. 책을 만드는 전문 출판사로 한 권의 책을 만들어도 부끄럽지 않게 최선을 다하며 전국 서점에 베스트셀러, 스테디셀러로 꾸준히 자리하는 책이 많은 출판사로 널리 알려져 있으며, 분야별 전문적인 시스템을 갖추고 있기 때문에 원하는 시간에 원하는 책을 한 치의 오차 없이 만들어 드립니다.

기업홍보용 도서, 개인회고록, 자서전, 정치에세이, 경제 · 경영 · 인문 · 건강도서

모아북스
MOABOOKS   문의 0505-627-9784